ダン・アダン・デリー

妖精たちの輪舞曲《ロンド》

ウォルター・デ・ラ・メア

絵◉ドロシー・P・ラスロップ

訳◉井村君江

アトリエサード

Down-Adown-Derry A Book of Fairy Poems

Walter De La Mare

1922

人形彫刻：戸田和子

（写真：小笠原勝）

Down-Adown-Derry

A Book of Fairy Poems by

Walter De La Mare

with Illusrations by

Dorothy P. Lathrop

◉目次

妖精たち　FAIRIES

魔女と魔術　WICHES AND WITCHCRAFT

夢の世界　THE WORLD OF DREAM

妖精たち
FAIRIES

踊る妖精たち

わたしは聞いた、夜明けの丘で、
ヒバリが起きないその前に、
野バラのつゆの盃を、
夜明けの陽の光が満ちないその前に、
妖精たちが輪になって、歌っているのを聞いたのだ。
軽やかに踊りながら、
震える小鳥の翼を照らす、
月のようにやさしく歌うのを。
月の光は歌の音に合わせるように、
歌のこだまに合わせるように瞬いていた。
星たちは輝く瞳を、震える光で、飾っていた。
そのあいだ、活動的な火星は戦いで染まり、
血色をした光の筋を、地上に、雨と降らせていた。
火星はただ一人、西空に低くまたたき、
そのあいだ私はサンザシの茂みの影で、
妖精たちの亜麻色の髪に、朝の陽の光があたるまで、

わたしはずっと見ていたのだ。
その美しさが霧のように消え、
妖精たちの歌声が、甲高くなり消えるまで、ずっと見ていた。
すると、大きな広い陽の光は、苔むす野原をよこぎり、
どこまでもどこまでも拡がっていき、
アードンの青銅の風見鶏までいき、
金色の炎の中に浮かび上がらせ、
アロアの塔や森を、月夜の夢から
ぼんやりと、目覚めさせた。

夢の歌

陽のひかり、月のひかり、
黄昏のひかり、星のひかり、
日が終わり夕闇がせまり、
オークとサンザシの森には、
フクロウが鳴き、
冷たい露がしたたる。

ランタンのひかり、ロウソクのひかり、
松明のひかり、光のない闇、
はるか遠い荒野では、
ライオンたちが吠え、
たけり狂う。

エルフのひかり、コウモリのひかり、
松明の木のひかり、ヒキガエルのひかり、
海は灰色にまたたき揺れる

夢のまどわしのなかで、
遥かな遠い世界で、小さな顔が微笑んでいる。

ハックション！

クシャミをするのよ、さあ、
クシャミをするのよ、ねえー
じゃないと、エルフたちに捕まるわよ。
クシャミをしなさい、燃える明るい七本のローソク、
見えるでしょう、扉を叩いてるわ
小さな足音が聞こえる、
小さい声が呼んでるわ、
呼んでる、呼んでる、呼んでる、呼んでるわ
クシャミをするのよ！
――そうすればもう来ないわ！……
ハックション！

D. P. Lathrop

もう一人のわたし

わたし鳩小屋に挨拶したわ、
井戸にも挨拶したのよ、
あっちにもこっちにも回って歩き、
朝がとっても気持よかった。
そうやって回るのは、なにか不思議、
見て、緑と青の間の
わたしの幻——妖精の子が——
やはり踊っていた、踊っていたわ。

その子は何も着ていない、
だって、大地が晴れ着だもの、
アザミの足で、空気を踏んで、
葉っぱはちっとも間違わない。
朝の蜘蛛の巣、光る六月の露は、
6月の朝露に光る※ゴッサマーは
草の緑を灰色に見せている、

小鳥がつける爪痕ほどにも、見えやしない。

昇りゆく太陽にかすみつつ
その姿はすぐに消え、
わたしの髪と同じく光っていたのに、
月明かりのようにかすかになって、消えた、消えたわ！　なんて、悲しい
スピンしていないなんて、
わたしの幻が踊っているのを二度と見られないなんて。

※妖精が織ると信じられている朝露に光る蜘蛛の糸

D.P.L.

見終わらぬ夢

思いも及ばぬほど甘い、あの想像できない国の空気——
私の魂は、はるか遠くに、さ迷い出ていた、
まどろみに締め付けられた疲れた体は、
家であり、地上の友である体から迷い出ていた。

ミルクのような空気——あふれんばかりの光、
そこには、澄んだ川が流れ、
胸の奥には、絵のような風景が描かれ、
近くには浮かかぶように、緑の葉むらがあった。

進んで、行って見ても、生き物は見当たらなかった、
魚も、けものも、鳥さえも。
とうとう花におおわれた頂上丘にたどり着いた。
その時、小さな甲高い、鳥の鳴き声が聞こえた。

私は身を隠し、エルフ族を見た。

その顔は奇妙なほど白く澄み、
互いにとりとめもなく喋っていて、
髪には緑の草紐。

人間の子供より、穏やかで、小ぎれいで、
身のこなしや言葉遣いを見ても年はわからなかった。
透き通る太陽の光のなかを、足早に進んでいく、
お互いに噂話に、夢中になって。

藁のように明るい色の髪束が、首や肩にかかり、
着ている衣から、アーモンドの香りがかすかに匂った。
その衣は、蚕の吐く糸ではない、月の光と、
岩だらけの浜辺に立つ泡から、織り上げられたようだ。

六月の暦の草地で、長く柔らかいバッタの足のような
その日のアマリリスは、
未知の国に迷い込んだ異邦者の私を
餓えたような目でみつめていた。

でも私はうっとりと、陽が当たるエルフの顔を見詰め、

その目から魔法を盗み、小さな顔を見ている私の目には、
涙がうるみ、エルフの小さな玉のような叫び声を聞いていた。

みんなは私には気づかず、ベニヒワの群れのように、
私の側を飛んで、行ってしまった。
悲しくなって私は先を進んだ。
そして私は夢の中で、夢みたいな家に辿りついた、
戸は閉まり、花づな飾りのある、灰色の家だった。

ふと立ち止まってポーチを見ると、
埃がたまり、蔦が這い、石段もすっかり減って、
石のような頭が見おろす所には、
鐘は音もなく下り、
うす青い空に灰色に見えていた
私には不思議——不思議だった……

D.P.L.

角笛

お聞きよ！　聞こえる角笛は、
雲の国に心地よく渦巻いて登り――
鈴の膏のように鳴る手綱と
銀の蹄鉄をつけた軽い脚の音？

あれは妖精たちの笑い声？
遠く高く、月の下の枝をぬけて、
星のきらめく空を、
馬で駆けていく？

それは玉の露のなかを、
快いメロディが降ってくるの？
森も谷も――みな、静か、
羊飼いの呼び声も、しんとしている。

三人の物乞い

秋、夜明けが金色にかがやく寒い日でした。
セント・アン寺院の灰色の塔の前を
三人の物乞いが足を引きずりながら歩いていたとき、
妖精の子に会いました。その子は、
まっ赤なマントに身を包んでいました。

夜明けの光がこの子の顔を照らし出しました。
ぜんたいはピンクで、はっきりと、目はエメラルド色でした。
妖精の子は遠くに三人を見つけると、
オーボエのような高い声で叫びました――

「おーい、そこの襤褸を着て足が豆だらけの背の高いお三人さん、
朝やけの中を歩いて行く人たちよ、
あんたたちのカバンの中から、
妖精の三つのキッスの代わりに何をくれる？」

第一の、赤い髪の男は、カバンから
堅くなったパンを一切れ取り出して、
「ほら、セント・アン寺院の墓石にかけて、
代償として、こいつをやるよ！」

第二の、栗毛の男は、荷物から、
骨を一かけら取り出して、
「そら、セント・アン寺院の鐘楼にかけて、
これで俺の朝飯はぜんぶなくなっちまったよ」

第三の、黄色味がかった髪の男は、荷物から、
ひき割り麦をつまみ出すと、
「ほら、セント・アン寺院の天使にかけて、
俺は何もなしで行かねばならねえのか」

薄く冷たい唇をしたその取り替え児は、
堅いパンと、骨と、ひき割り麦を手にすると、
見る間に、先が細い指の下で
それらに魔法をかけました。

堅いパンの代わりに、孔雀のパイ、
骨の代わりに、おいしい鹿の肉、
ひき割り麦の代わりには、
七つの花を付けた白い百合。

その器には、どれにもワインがいっぱい、
それらはみんな取り替え児の贈り物でした。
九人いても十分なご馳走でしたが、
三人にはちっとも十分ではありませんでした。

あゝ、ジェリー状に冷えた中の歯ごたえある肉！
あゝ、妖精鹿のやわらかい腰肉！
あゝ、くゆり立つ豊かな匂い！
あゝ、屑になった、めいめいのカバン！

いまや、肌寒い金色にかがやく夜明けです。
こころ楽しい物乞いたちは、
妖精の子に向って、酒をぐーっと飲み干すと、
よきセント・アン寺院を、祝福するのでした。

見知らぬ人

森の奥に、いつも露を受けて涸れない池がありました。
夜明けから静かな夕方までは、眺められる青空を映し、
それからは星を映していました。そうでなければ、
静かな夜空の屋根の上から、舞い降りる五月の
月の白銀の破片を映し、そこには花々の茂みがありました。
ヤナギソウにミント、薄青いクワガタソウやタヌキマメ、
水生毒ゼリやモウセンゴケ――風がそよそよと吹くと、
花々は頷き、夢見心地で、明るくはしゃぐように揺れます。
美しく、きれいに並び、光る花々。
見れば、兎は跳ね、狐は駆け抜け、蜂や小鳥は
ブンブン、ちいちいと鳴きさわぎ、すると、
きれいだった池の水面には、さざなみがたちました。
緑の蛙が跳ねたのでしょうか、それとも元気のいい小魚か――
セイヨウカマツカ、トゲウオ、メダカ――
小魚がとび跳ねて、さざなみが立ったのでしょうか。

一人ぼっちの池、草に縁どられ、水晶のように澄んだ池。
おだやかな季節には、水は深く澄んで静かで冷たいけれど、
太陽がドッグ・デイ（土用）に近づくと、干上がり、
冬の始まりには、ガラスのような堅い霧が立ちこめ、
雪に覆われて、野性の森はすべて眠りに落ち入ります。
そよとの風もなく、あるのはただ――
雪を運ぶ、北から吹き寄せる風ばかり。

これがすべてです。長くて優しい六月の
夜潮がさまよう頃を除けば、これだけなのです。
その頃はドクニンジンの青白い花が咲き、
濃い香りがあふれる薄暗い一隅にテントを張るように、
月のような光がかすかに照りわたり、
青光りする露が、つぼみに玉を作る夜には、
見知らぬ人がやってくるのです――
足音をしのばせ、きれいな指をし、きりっとした顔つきで、
人とは思えぬ愛らしい姿で……そこで食事をするのです。

廃墟

一日の最後の色どりの
燃える色彩がしだいに薄れていくと、
冷たく寂しい廃墟のあたりには、
コオロギがしきりに啼きたてる、石から石へと。
すると黒ずんだ緑の上に散っていく
妖精の群れが見えるだろう。
キリギリスのようにキチキチと啼きながら、
アザミの綿毛が踊るまわりを妖精の足は踊る、
やがて大きな金色の穏やかな月が
妖精たちの小さなドングリの靴を染めていく。

D.P.L.

D.P. Lathrop

冬の妖精

妖精がいた――一片《ひとひら》の雪のような――
雪が降ると、妖精は水晶のような溜息をつき、
水晶のような姉妹の沈黙にささやきかける。
牧場を銀色の宮殿に変え、
夜をひろがる静寂にし、
凍り付いた軒の下から、こう叫ぶ、
「あたしは燃えているわ！」

魔法の杖を指に絡ませ、きらきら光る髪をし、
つららの足に、真っ赤な唇をして、
妖精は、真っ暗な洞穴の中で目をあげる、
水藻の茎のような青い目をして、
息を吐き、動きだす。
妖精の心臓から流れ出た細い霊脈《アイコール》は、
体を燃えめぐり、眠っていた魔力を呼びさます。
羽根は蛾の羽根より軽く震え、
夜の闇目指して、光のように飛び立つ、
冷たく凍り付いた洞窟を後にして。

空には、凍った水晶の大地の上を、
夜風が音を立てて、吹き荒れていた。
裸になり、霜に覆われた松林が、
悲しみの歌をつぶやいていた。

眠たげな頭

白い月に照らされて、
眠りから覚めても寝床にいると、
森から、かすかに
歌声が聞こえてきました。
「ベッドを出なさいよ、
眠たげな人、
さあ、白い足で立ちなさいよ。
僕らはここにいる、木の下だよ、
根っこの周りで歌っているよ」

私は窓から覗きました、白い月の明りのなかを。
葉っぱが、森の雪みたいに見えました——
「出て来なさい、
子供さんよ、
ノームと遊ぼう、緑の円い塚でさ、
ここがノームの住みかだよ」

「お食べよ、ハチミツみたいに
美味しい凝乳《カード》があるよ、
クリームと麦がゆもあるし、
貝もビーズも、けしの実だって、
たくさん貰えるよ」

しかし、薄い月明かりのなかで、私が靴をはこうと、
屈んだとたんに、うっとりする甲高い声は消えてしまいました。
そして、朝の灰色の光が差し込んでくると、
ノームの代わりに赤い胸のコマドリが来て、
キンポウゲと露の歌を歌うのでした。

D.P.L

サムの三つの願い　人生は回るもの

「考えてみたが、考えてみたけど」サム・ショア爺さんは言いました、
誰かが戸を叩いているのが、聞こえるんだけど」

時計からカッコーが飛び出して、八回カッコーと鳴きました。
爺さんは椅子に座って、どうしようかと考え続けました……

「こんなに遅い時間に、来る人なんていないのに、
こんな空っぽの家の掛け金を回す人なんか、
わしとネズミのほか、誰もいない家なのに……
きっとわしは、寝ぼけているんだろうな
あの音はきっと、夢の中から聞こえてくるのだろうけど」
爺さんはやっと、用心深く立ち上がると、
戸口へ行き、耳をすましながら、掛け金の上に指を置きました。
それから、ゆっくり戸を開けました。すると、どうでしょう！
そこに妖精が、立っているではありませんか――緑と金色の。
闇と寒さから身を守るのに、マントをはおっていました。

そして爺さんのキャンドルに照らされ、ほほ笑んでいました。
唇はロウのようですし、頬はワインのようでした。
見るからに、元気で可愛い妖精でした。
リンデンの木についたリンデンの蕾のようでした。

サム爺さんは、戸口のところにじっと立ったまゝでした。
ぴょこんと頭を下げて、「こんばんわ」と言いました。

貴婦人のような妖精は頷き、優しい声で、こう言いました。
「私たちが会うには、とてもいい晩ですわね。
それで私、あなたとお話がしたくて、夜遅くに伺ったのですわ、
あなたの燈心草の輝きが私の目を光らせて困りますけどね、
この綺麗な緑色のフュッシヤの下にある燈心草ですがね」
サムはまたピヨコンとお辞儀をしました。ゆっくり笑いながら。
妖精は鳥が囀るようにこう言い、とても楽しそうに笑いました、
この老人の親切さが、お辞儀の仕方に現れていたからでした。

妖精が頷きますと、夜空の高い星が、その小さな体に、光りました。
「友は友ですわね、サム。それに私とても楽しいので、
私、古い習慣に従って、あなたに贈り物を持ってきましたわ。

三つの願い、この三つの願いがあなたのものなんですよ、サム・ショア。きっかり三つなんです、それ以上は駄目なんです。なぜって、ルビーのように見えるでしょう向こうのサンザシの木に、ピクシー梨が光っているのがあなたの年取ったミルクの牛は、妖精丘に生える草を食いちぎりはしませんし、これはそれらのお礼ですわ。ねえ、サム、あなたは年寄りでひとり暮らしですわね。でも、あなたの周りには、隠れた力《ポテンシイズ》があります。例えば、これが一つ」

サム爺さんは目を瞠りました。頭上にある星が楡の木の先に光を送りました、流れる水のように、妖精の声が心地よく響いて、それに答えるかのように夜風が溜息をつきました。爺さんは顔をしかめると、空っぽになった炉に目を落として、年取った灰色の頭を、ゆっくりゆっくり振りました。

「三つの願いですって、おや、まあ！わしはもう、家の割れ目や足先のことなんか、周りがどうなったって、構いませんがね。でも、ご親切には感謝いたします。ついでに、

あなたさまが、この世を去られる夜が、
ミカエル祭の日（9月29日）でありますように、
祈ります。それにお客様が見えるとわかっていれば、
肥《ふと》ったガチョウを一羽潰して、オーブンで焼いておきましたのに！

すると、どうでしょう！　爺さんがこう言うが早いか、
台所の方からは、グツグツ、シューシュー、
火花はパチパチ、炎はフウフウと賑やかな音がしてきました。
そして――これは誰の目にもはっきりしてましたが――
サルビアとタマネギが、熱くなっていぶる匂いがしました。
梁や壁や敷石、台所は明るく、暗い角や割れ目まで照らされました。
銅や真鍮もまばたき、お皿やガラスもまばたき返しました。
すると、ネズミたちがチュウチュウと鳴き返しました。
ミカエル祭のご馳走の匂いが行き渡ります――

ネズミのヒゲが動き尻尾が動くところに漂う
うずまいて広がる油っこい匂いです。

一方、あまり嗅がれない煙の方は、煙突から夜空に逃げていきました。

「さあ、これで一つ」と妖精は親指を折りながら言いました。

「サムさん、これで残りは二つになりましたね！」

妖精は頭を横にむけました。そして顎をあげると

目は内面から輝いて見えました。
サム爺さんは驚いて立ちすくみました。そして言いました。
「わしの年とった母さんが生き返ったらいいのにな、
何しろ母さんは、ガチョウの胸の厚肉には目がなかったからね」
しかし爺さんは、頬をこわばらせ、目をぎらつかせました。
なぜって、夜の中を杖をつき死んだはずの母さんが来たからです！
母さんは大急ぎで、台所へ飛び込んで行ってしまいました、
ほとんど息を切らせたようにして。
「あら、サムや」と母さんは言います「鳥をひっくり返す頃合いだよ、
皮の焦げているのを、わたしの鼻が教えてくれるんだよ！」
母さんの幽霊は、オーブンのそばに座ると、
煮えた脂肪油を、ガチョウの肉にかけました。
「あーあ、」優しい小さな妖精は叫びます
「もう一つの願いが残ってるけど、あとは何にも無いのだわ」
サムは溜息をつきます「ありがとうね、ご婦人さん、
でも、残った一つの願いは、今度にしますよ、
母さんが帰って来たので、いまはもう結構だから」
でも妖精は、そっと笑ってこう言います。

「サム、もう一つ残っているのよ、約束は三つですもの、
さあ、早く考えて、夜が明けてしまうわ
野原の方から、呼び声が聞こえるわ、
私もうすぐ、行かなくっちゃいけないわ。
真夜中すぎると、すぐに雄鶏が鳴くので、
私は集まりや宴会に出なければいけないの」

サムは母さんを見て言いました——皺だらけで、痩せてました。
頬にさしていた赤みも、金色の髪の毛も、今は褪せて、
老いた背中は年を重ね、二重に曲がっていました——
塩辛い涙があふれ出し、あふれて言葉が出ませんでした。

「まあ、まあ」と爺さんは言います。
「わしは言葉では表わせないぐらい嬉しいよ、
だけど——わしが子供だった頃とは、どこかが違ってるけど、
嬉しいよ、ほんとに嬉しいですよ、ご婦人、でも正直に言えば、
若さの喜びにまさるものはないですな、できることなら、
ワシはいっそのこと、ガチョウをいただくより、
半ズボンをはいていた子供の時分に戻りたいです、

そうすれば古いもんがみんな——もっとも母さんがそうだけれど、
ワシの家の門柱のように、ほんとの輝きを取り戻すだろうからな、
昔わしの飼っていた犬のジャグが、太く短い尻尾を、
振るところを見るためなら、何もいらないな！
あんたはご親切ですね、ご婦人さん、でも願は空しいですな、
わしもあの犬も、みんな若い時に戻っていなければね」
どこからか、甲高い笑い声がかすかに聞こえてきました、
ロウソクだけが燃えていて、闇は空っぽでした。

そしてそこには、サム爺さんが立っていました。四フィートで、
しし鼻の、ざんばら髪で、丸い青い目をしてました
バンドで吊った半ズボンも、上着やシャツの肩幅も、
泥だらけの靴も、ちゃんと縮んで、その中に
小さなサミー坊やがはまり込んでいました。

そこには母さんもいました、すべすべと桃色の頬をして、
唇も黒歌鳥の嘴のようにくっきりとして、
眉も美しく弧を描き、あの美しい鼻もそのままに——
そして料理の煙が、よい匂いを漂わせていました。
「いらっしゃい、サミーや」お母さんが叫びます

「年寄りの喜びよ、そーら椅子にお座りよ、ご飯よ坊や。
ローソクを持っといで、夜だから戸をお締め。
そーらガチョウだよ、好きなものやキャベツもお食べ。
おや、かわいそうに子羊が震えているわ。
あの子が目を覚ましているなんて、お前は考えられないだろうね！
でもねサム、子羊が黒い目をパッチリ開けていたなら、
エルフたちに連れていかれちゃうんだよ、本当だとも！」
こうしてサムとお母さんとは、三つの願いのおかげで、
これ以上ないほどに、幸せでした。

それに――太く短い尻尾を振り――愛犬ジャグも
舌を出して、笑いながら座っていました。お皿も骨もお椀もジュースも
カタカタ鳴り、皆で、分け合って、ガチョウをきれいに平らげました。

しかし、時間は流れていく川なのです。
一週間は経つように、一週間と経っていきました。
五十二週はすぐに経ってしまい、一年が経ちました、
次々と年が過ぎていき、サムも母さんも年を取っていきました。
そしてあゝ何ということでしょう、九年が過ぎると、
シャグは、石の下に眠る身となりました。

そして眠りに横になったサムの夢の中に、ときおり
悲しく熱いものが忍び込むようになりました。
母さんはどこかに行ってしまい、自分は旅に出るのです。
見知らぬ道を歩くのです、木霊の響く丘のふもとを、
ひとりで、たったひとりで。ですから、
朝起きて、太陽が楡の木を緑に輝かせているのが見えると、
それは至福の時でした。サムは暗い夢から逃げて、
母さんの膝に甘えて、優しい口づけをすると、
口笛を鳴らし、露の中を去っていき、
優しく澄んだ声で鳴くツグミの声を聞くのでした。

それでも、天から射してくる毎夜の月は、
母さんと息子を照らして、愛の光にしました。
母さんの赤い顔が色褪せていき、栗色の綺麗な髪の毛も、
悲しい灰色になっていきました。そしてとうとう、
母さんは死んでしまい、眠りについてしまいました。
疲れた手を、胸の上に組んでしまったのです。
サムはひとりぼっちになってしまい、日々を送りました、
働き盛りの年頃が、過ぎようとする頃まで。

しかし、春はまた巡ってきました、あたりを緑や青に染めて。
そしてすぐに、夏の野バラも、カーネーションも、美女なでしこも、
ラベンダーも、エグランタインも、花々を咲かせ枯れてしまうと、
今度は、リンゴや雛罌粟となり、ミカエル祭になるのでした――

そうです蜘蛛の巣に露、それにサンザシの蕾
そしてミカエル祭で、歌う天使セラビムたち。

サムは毎朝、働きました。休めなかったのです。
胸には悲しみが渦まいていたからです。
いいえ、悲しみというより、別のものがあったのです、
こんな感情は、前に味わったことがあるかという思い。
サムは鶏に餌をやり、畑の種をまき、牛のそばに、
三脚椅子を出して座り、牧場の草を食べる牛の脚のあいだに、
手桶を置くのでした、影の長くなっていく楡に木の下で。
そして遂に苦笑して起き上がり、溜息をつくのでした、
牛のジンゴの乳が、もう出ないのに気付いたからです。

夕暮れになると、鳥たちも夢の中から呼びかけてくるようでした。

サムは薪を割り、木屋に戸を締め、井戸水の入ったバケツで、顔を洗い、頭をすっきりさせました。目は少しぱっちりとし、うたた寝がちな意識がはっきり目覚めたようでした。女手のない家でも、出来るだけ綺麗にしておきたいと思い、サムは炉端に敷石を掃き、テーブルを置きました。でもお皿とマグカップを置くと、その上にかがみこんで、

眺め、眺めるだけで、食欲が満足するように思えるのでした！長いこと長いこと、かれは食べ物を見ていました。ローソクの炎が、細く青く空中に燃えたちました、そしてネズミがチュウと鳴くと、その声は、「しずかな家では、大きな足音のように響き、でも急にそよ風が、撒いたように星が出ている空と厚い茅葺屋根との間に吹いてきました。風が途絶えると、深く気味悪い、謎めいた静けさに再び戻るのでした。

すると――かすかにまるで枯れた茂みのなかで、種の実を数えるように、かすかにかすかに衣ずれのようなノックの音がしました。それに鍵穴のそばに、

ミルクを思わせるような優しい息づかいがありました――
蛾の羽音のように静かに、それから――

かすかなドアーの音が、再び響きました。
サムは手をついていた顔を上げ、耳を澄ませました。
あたりを見回すサムの目が、ローソクの光で輝きました。
そして彼はゆっくり、後ろを振り返りました――
チーズの上には、ネズミがちょこんと座っていました。
サムはこの子ネズミを見詰めました、子ネズミのほうも
こっちを、コップの取っ手越しに、見詰めていました。
それで彼は――キリスト教徒のように――こう言いました。
「お前さんは食事中だったし、わしは考え事をしとったし、
それにこんな寂しい秋で、お客が来るには夜遅いし、
食べもの棚には、もう何もない。わしもお前さんも年取ったな、
わしが愛した者は、みんな塚の下で、眠っとる
でもな――でもな――前にお前に話したように――

ところで、貴方がサムの物語を最後まで読みたいならば、
どうぞ、一頁目に戻って、読みすすめてくださいな。
そうなんです、貴方がこの歌の最後の調べを途切れさせたくないなら、

一頁に戻って、声を震わせて歌ってください！
なぜなら人生の真面目な記録は、すべて（書けばわかるのですが）、
くり返せるものなのです——ええ——永久にね。

やつれたへんな子

魅惑《グラモアー》して、あいつらは、
小さい弟を、揺り籠から、
攫っていったんだ。
弟の代わりを産着《うぶぎ》に入れ、
取り替え児を、置いていった。
私の母さんは可愛想に、
とても悩み、ローソクの光に
照らされ、弱弱しく泣いていた。
その子の頬は、やつれて青白く
小ちゃな目を力なくあげると、

私や母さんに向かって、
ひいひい泣きさけんだが、
静かになるまで、
私らはあやしも世話もしなかった、
あいつらが呪文をかけ魔法で
盗んで、いった弟を
この悲しい腕のなかに抱くまでは。
やつらが取り替え児を
もとの妖精本来のものに
戻すまではね——
泣け！　泣け！　いつまでも長いこと、
お前は人間の赤んぼには
なれないんだよ！

取り替え児

「アホーイ、アホーイ！」
からかいと陽気さ半分の調子で――
「アホーイ、アホーイ、そこの
渡し船のお若い方！」

陰った水辺の石段に女は立っている――。
取り替え児は「アホーイ、そこの人！」と呼んでいる。
女は若者に近くに来るように言う。
すると若者は緑の波に乗って来た。
灰色の水の上をやって来た、
優しげな夫人がいる所へと。
まだ夏の日は終わっていなかった。
若者は女の美しい顔に夢見心地になった。
女は、斜に腰かけ微笑んだ。
若者の擢は動かず、二人は黙ったまま、
甘い草を首を垂れて食んでいる牛の

そばを流れていくだけだった。
若者は女の美しい顔を眺め、
まだ、夢見心地で座っていた。
小舟は船尾から先へ先へと、
海に下っていった。

さあ、君、また呼びたまえ、
黄昏があの可愛い顔に影を落とす前に――
聞こえるでしょう水の上に
灰色に響いては消えていく声が――、
「アホーイ、アホーイ、そこの人！」と
そして響いては消えていく、
「アホーイ、アホーイ！」と
響きながら消えていく。

D.D.L.

炉端のロブ

ロブは火のそば、うずくまる、
三脚椅子に腰かけて。
家はひっそりかん、
肘から垂れる、
大きな両手を温める、
海吹く夜の風のよに、
軽く口笛吹きながら。

ロブは仕事を終わってる、
水はとってもおいしいいし、
黒パンをひっくり返しつつ、
一枚、一枚、呪いをかける。

鍋に入ったミルクにも、火にのせているベーコンにも、
親指使って、夢見るように、
一つ一つに、呪いをかける。

ネズミはいないし、ガもいない、
クモもいないし、座ったままで、
次には何をしようかと、
体をゆらゆら、揺らしてる。

でも、奴の心の中は、ああ、奴の心は——
あの大きな鼻には似ていない、
目つきだって、どんなにも、
思ったところで、わからない。
大きな親指つき立ちあがり、
ぐしゃぐしゃした髪のまま、
ロブは小さな奥さんを、
ベッドで、心地よくしてやった。

とても痩せて、細い喉を見る限り、
見ている夢の中で、
鳥たちを、さえずらせるなんて、
誰が思えるだろうか！

ロブは、薪の火が低くなる
暖炉の側で、体をまるめ、
夜が明けるまでうたた寝し、
夜明けとともにいなくなる。

やがて一番鶏が飛んできて、
ぼんやり霞む北斗七星に、
ぴんと嘴《くちばし》上げるだろう。

カラスが金切り声をあげる頃、
ロブは起き上がり、かさこそと、
ネズミのようにこの家を、
出かけて行ってしまうだろう。

ロブには朝飯がご馳走だ
仕事の給料だったのだ。
そしてきっちり一時間、暗がりで、
大きな両手を温める。

ブルーベル

ブルーベルが咲き、そよ風が吹くところ、
輪になった妖精を、そっと覗くと、
小さなヒワ鳥が、その近くで、
囀っていたのを耳にした。

プリムローズが咲き、夜露が降りるころ――、
妖精たちの踊りは、みんな速くなり、
緑の芝生だけが、鮮やかにみえ、
ヒワ鳥は、互いに鳴き交わしていた。

ハチミツ泥棒

妖精が二人いました、ギムルとメルです。
地上の人間のハチミツが、とても好きでした。
ときたま馴らしている蜂たちの巣に行っては、
渇きをうま味で満たしてもらっていました。
夕暮れが夜に変わる頃、暮れ行く闇にまぎれて、
エルフ・ロックになった髪と紅い唇の

二人は、急いで小さな石のナイフで、
そっと巣を割きます、中にいる蜂たちに
編んだ藁が割れるのを気づかれないようにして、
そしてから、ずる賢いどん欲な指で、
甘いハチミツの巣をつつくのです。
すると雄蜂は、ほかの雄蜂に寝ぼけ眼でこう言います
「冷たい、冷たい風が、こんなにも吹いていているんだね」
すると、大きな女王蜂がその顔ともう一つの顔を見ました。
櫛と歯ブラシを持った侍女の蜂たちは、
髪をとかしたり、身を整えたりしながら、
こう囁きます「シーッ！」
そして巣のまわりを、ブンブン、ブンブンと、
行ったり来たりして、鳴き騒ぎます、
これらを見て、泥棒たちは木の下にいて
ちょうど、怒っているミツバチみたいに、
粘っこい歯のあいだを通して、
ミツバチをからかったり、あざけったりしました。
このギムルとムルとはお腹いっぱい、たらふく食べたり舐めたりしてから、
人間が飼っている一番鶏が鳴く前に、薄闇をよぎり、泥棒の姿が遠くに、
よく見える頃に、妖精塚へと帰って行きます。

ベリー

お婆さんがいました。垣根にそって、
ウィープからウィッキングまで、
ブラックベリーを摘んで歩いていましたが、
まだ、籠に半分ぐらい――
そのくらいまで摘んだ時、みどりの岩陰から、
妖精が現れ、こう言いました、
「ねえ、ジル婆さん、
あんた、もっと摘みたいの？」
ジルは丁寧に、それを断りました。
でも顔には、摘みたい、と書いてあったのです。
「行きなさいよ」と妖精は言いました。
「できるだけ急いで、牧場を越え、
小さな緑の小道に出るのよ、
それはお百姓のグリムズさんの
牧草地におりていく道なの。
その生垣で、何度もベリーを

摘んだことがあるわ、
薮から薮へとたくさんさんね。
ジル婆さん、約束するわ、
あんたの思いのまま摘んだら、
夕食までには、そばにいるかもよ」
こう言うと妖精は光りながら、
あっと、見る間に、消えてしまいました。

言われたとおり、お婆さんは、
さっそく牧場を越えて、お百姓の
グリムズさんの所を目指しました。
生垣には信じられないほど
女王の宝石みたいに、小枝から溝まで、
実がなってました。
オランダ人の宝石箱
果物、イバラ、花々の入った——宝石箱
のようでしたし、ウィリアム王とメアリ女王の
四阿《あずまや》のように輝いていました。
確実にお婆さんはウィープまで

時間までにと、疲れて帰りました。
籠を下げて這うように、黄昏までには
家の戸口までたどり着きました。
前にないほどタウザーが喜び迎えてくれました、
連れ合いが、果物摘みをすませて、
帰ってきてくれたことが
嬉しかったのでしょうか。

次の朝、夜明けのまだ暗い頃から
二人はポットをかけて、
ぐつぐつ煮込みはじめました。
みんな投げ込み、とろとろ煮ました。
妖精が恵んでくれた
この黒く透明な果物を
シロップにして、ゼリーにして、
ブラック・ベリー・ジャムを作りました。

十二個のジャム壺をしまいました。
一インチの高さの壺を残し、
それをウィッキングからウィーブへ戻る道の

真ん中あたりに、
お婆さんは親指ほどの深さに埋めました。

楽しいよ、楽しいよ

楽しいよ、楽しいよ、
緑の森が、黒味がかった青い海に
かかるあたりにいるのは。
澄んで動かない月が照っているなかを
そぞろ歩いたり、谷間や丘陵で、
エルフたちと踊るのは。
妖精のお酒を飲んだり、露やハチミツを探して、
一緒に歩き廻るのは。
だから丘に登ろう、おいでよ、できるだけ早く、
妖精と住もうよ、エリザベス・アン！

決して、決して、涙も悲しみも、
妖精の住む古びた屋敷には、
入ってきやしない、
竪琴の調べが聞こえ、遠くにただ一つ、
鐘の音が響くだけ。
タイムとヒースが咲く丘に、羊飼いが坐っている、
群れ動く羊たちと共に。
シギが鳴き、ひばりが歌い、
砂浜には巻貝が這いまわる。
さあ、丘に登ろう、おいでよ、できるだけ早く、
妖精と住もうよ、エリザベス・アン！

D.P.L.

水の精の歌

（三匹の「ムラ・マルガー」〈『猿王子より』〉）

ブクブク泳いで見にきてよ、
あゝ、私はなんて
綺麗でしょうか。

魚よ魚、ひれが綺麗よ、
でもその金色も、
私と比べられるでしょうか？

じゃ、なぜ、賢いテシュナーは
私を美しく、悲しいものに
作られたのでしょうか。

私はひとりぼっち、
歌うための歌しか、
作れないのですけれど。

みんな見えない

みんな、目が見えない、
部屋の穴のなかを、
ミミズを探して這いまわる
四指のモグラ。

みんな、目が見えない、
夕闇の空を、
ふわふわと、飛び回る
大耳のコウモリ。

みんな、目が見えない、
燃えるような日盛りに、
よろけるように巣に帰る
家つきフクロウ。

この三匹の生き物は、
私にとって、見えない生き物、
そのように別の誰かにとって、
私は盲目であるに違いない。

D.P. Lathrop

からかい妖精

「窓から顔を出しませんか、ギル夫人？」
妖精はこっくりうなずきながら、
「窓から顔を出せないの、ギル夫人？」
クスクス笑いながら庭で妖精はこう言います。
だけど空は静かだし、桜の枝も動かないし、
ツタが這う窓辺には、誰も見えないし、
庭で声高にしゃべる妖精を見ようと、
ギル夫人が窓から顔を出すこともなかったのです。

「いったい、皆と何してたの、ギル夫人？」

庭でまぶしく光りながら、妖精はこう言います。

「何処へ隠れちゃったの、ギル夫人？」

庭で軽やかに踊りながら、妖精はこう言います。

けれど、夜の薄いベールは、もう丘を包んでいました。

星の下で、水車は死んだように動きません。

そしてギル夫人は、冷たい小屋から返事をしませんでした。

妖精はまだ、庭でブツブツ言ってました。

ダン・アダン・デリー

ダン・アダン・デリー、
可愛いアニー・マルーンは、
ドウーンの牧場で、
デージーを摘んでいましたが、
甲高い笛の音を耳にして、
エルフのように立ち上がると、逃げました。
そこでは川の水が、ぶつかり海へと流れていました、
ダン・アダン・デリーと歌いながら。

ダン・アダン・デリー、
可愛いアニー・マルーンは、
緑の草のあいだから、
そっと窺います、眺めます
緑の柳の下をそっと
見ますと、妖精の歌は、
細かい泡のように、

流れ浮ぶように、歌われるのでした、
ダン・アダン・デリーと。

ダン・アダン・デリー、
妖精の頬はワインのようで、
ちいさな顔の目は、キラキラ光る水玉で、
気取った指で、つややかな髪を、
櫛削っているその間から見ると、
妖精たちは歌っていました、
ダン・アダン・デリーと。

ダン・アダン・デリー、
歌の調子は金切り声になって、
「いらっしゃいな、私の水の家に、
可愛いアニー・マルーンよ、
格子柄のリボンをつけて、
その代わりに、銀の海藻やサンゴをつけに、いらっしゃい」
そう、歌って言うのです
ダン・アダン・デリーと。

ダン・アダン・デリー、
華やいだ妖精を持て成すため、
深海魚は、祭りの提灯を持ってきます。
踊るのは砂の上、
音楽は心地よく、
黄昏の緑がかった水のなかで、
アザミの綿毛のような足が踊ります、
ダン・アダン・デリーと。

ダン・アダン・デリー、
可愛いアニー・マルーンは、
妖精をしっかり見つめると、
月のように青ざめ、ちぢみ上がりました、
灰色のさざ波が、争うように。
水車木屋へと、押寄せると、
ハープやタンバリンの音で、
水車小屋は答えるのでした、
ダン・アダン・デリーと。

ダン・アダン・デリー、

ドゥーンの妖精は、歌いました、
可愛いアニー・マルーンの心臓を貫いて。
御覧なさい！　バラのようなお陽さま色の
雲が夕暮れて、消えたのは、
アニー・マルーンでした、歌いながら、
ダン・アダン・デリーと。

ダン・アダン・デリー、
デイジーはもうわずか、
露がたまる場所には、
霜が粉をふき、キラキラ光ります。
コマドリだけです、
茨の枝にとまって、
一人ボッチの父さんの心を
慰められたのは、歌って
ダン・アダン・デリーと。

ダン・アダン・デリー、
雪が舞うなか、
百合が咲いていた所は、

凍りついてしまい、
父さんは水の向こうで叫びます、
声を張り上げ、水車越しに叫んでも、
アニー・マルーンは、あゝなんてこと！
返事をしません、歌うだけでした、
ダン・アダン・デリーと。

魔女と魔術

WICHES AND WITCHCRAFT

D.P.L

うさぎ

畑の黒いあぜ道で、
今夜、年取った魔法うさぎを見つけた。
やわらかい耳をぴんと立て、
月の光にかがやく目をして、
緑の草をむしゃむしゃ食べていた。
それで、思わずつぶやいた「あらまあ！　魔法うさぎ」
うさぎは幽霊みたいに畑を越えて消え、
そこには月の光があるばかり。

三人の魔女を見た

三人の魔女を見た。
麦の穂のように頭をさげ、
低く垂れる空の下を、
箒にまたがり飛んでいた。
嵐の雲に乗り

雲の縁から高く上がる黒い姿、
三人が飛ぶのが、銀の雲から際立っていた。

三人の魔女を見た。
各々の枝網籠に入れて運ぶ
可哀相なスズメたちをからかっていた。
タカが巣から矢のように急降下し籠に当たると、
三人は歌うのをやめてしまった。

三人の魔女を見た。
小舟を漕ぎながら顔をみあわせ、
くすくす笑っていた。
提に生える緑のコリヤナギが、
気味の悪い三人の顔を隠してくれた。

三人の魔女を見た。
頭を並べ谷間で眠っており、
洪水に漂う石のように。
上がりゆく月は、白く谷間を照らし、
三人を深紅に光る実のある薮へと向けた。

D.P.

ひとりの島

ドワーフが三人、島に住んでいました。
島の名前は「ひとりの島」でした。
そしてドワーフたちの名前はアリオリル、
ラレリー、ムジオモーンでした。

アリオリルは、夕暮れ時の緑でした。
ラレリーは、明るい髪の毛をしていましたが、
ムジオモーンは、地味でやさしい色合いで、
四月の羊の群れのようでした。

彼らの家は小さく、海の良い香りがしました。
そしてマムジー（マディラ産白ワイン）のような青でした。
食器は三つ、ベッドは三つ。
でも、ナイト・キャップは九つありました。

ベッドはモミの木で作られていました。

櫛はゾウガメの甲羅で作られており、
部屋の隅に置いてある洗面器には、
もちろん、小さな水差しもありました。

緑の藺草《いぐさ》、床には、厚い緑の藺草が敷いてありました。
蝋《ろう》の塊に火がともってました。
彼らのずんぐりした体《ハンティ・ダンティ》がどんな洋服を着てようが、
きっと座る椅子は木でできていて、三つありました。

そして眠たげに頭を枕にのせて、
空のお月さまを眺めていると――、
オウムが海に向かって叫ぶ声が聞こえます。
海が稔り声を返しています。

オウムはサファイアと硫黄と琥珀、
そして緋色に炎と緑が混じった色。

一方で、五フィートぐらいの背丈の猿《エイプ》は、
羽根に似た葉の木に、じゃれたり登ったりしていました。
海は一晩じゅう泡を輝かせて、

月の下で、叫んでいました。
眠いので耳をすませていられなくなった
オウムや猿たちが、眠りに落ちてしまうまで。

すると、三つのベッドからは、夜じゅう、
「ひとりの島」の家から、ラレリー、アリオリル
のいびき、ムジオモーンのいびきが聞こえていました。

しかし、間もなくお陽さまが、
珊瑚と羽根の葉をした木の間に顔をのぞかせると
ナイト・キャップをかぶったまま、三人のドワーフは、
渚へと走っていき、海に潜ったり浮かんだりするのでした。

朝六時には魚釣り、九時には、
森で若い狐を罠にかけ、お昼には、
おいしいベリーと蜂蜜の食事をとり、
ねじれた貝がらを吹き鳴らすのでした。

彼らが跳ねまわった海は暗く、
銀色の魚が泳いでいました。

支配者《モナーク》のために伸ばしたお皿のように、
きれいに薄く伸ばした緑色、
その緑のガラスのように黒ずんでいました。

彼等はジャスミンの四阿《あずまや》で、食事をしました。
明かりは蛍の青い光、
皆の器はアイリスの香り、
そして皆の香りは、レモンのようでした。

小さいカップでおいしいワインを飲み、
つぎは金色の蜂蜜を、クリームを盛った器に垂らし、
よくかき混ぜて、ふんわり白い泡にします。

さて、アリオリルは、ハマナスが咲くあたりで、
三匹の年取った猿たちに、歌を教えました――
つま先で踊る事も、輪になって踊ることも。

猿たちは、吠えたけりゴロゴロ甘えたり、
くるくる回ったりしました。自分たちの
騒々しい声に合わせて踊り、

地面をとんとん踏みならしました。

でも、ラレリーは、オウムを指にとまらせ、
浜辺へとおりて行くのでした。
しかしあとの二人は、笑ってたわむれていました、
猿たちが踊りまわっているそば、で。

そして、悲しいことに！
バラ色にそまった静かな夕暮れに、
金髪のラレリーはアリオリルと、黄砂の濱で、
激しくやりあってしまったのです。

上りだした月は、怒る二人の目の前を、
優しく大きく過ぎていきました。二人は
組み合い、ごろりごろりと、永遠に吠えたける
珊瑚の縁へと、転がっていきました。

とても遅くとても遅く、ムジオモーンは来たのです、
透んだ透んだ緑の海のなか、
アリオリルが一人、倒れているわけではなく、

ラレリーとつかみ合っていたことがわかりました。
ラレリーは、巻員を吹き悲しい調べを奏でます。
猿もオウムも蜂も、塩辛い波間に靴が片方、
浮いてるあたりに集まりました——
ラレリーの靴だったのです。

彼は九つと一つのナイト・キャップを持って来て、
猿にそのうちの三つを与えます。
マムジー・ワインのような白い家は、
糸杉のように悲しく見えます。

彼は熊蜂をもてなそうと、三つの器に、
おいしい蜂蜜の巣を入れてこう言いました、
「あゝ蜂さんたちよ、ここをお前たちの家にすればいい、
海の波には、悲しみがあるからね！」

潮が差しこんでくるあたりの珊瑚の岩穴に、
彼はひとりで座っていました。
高波が引いたときには、珊瑚のほかには

誰もそこには、いませんでした。

毛むくじゃらの猿が、三つのベッドに入り、
一つと九つのナイト・キャップも猿たちの物でした。
ドワーフのお酒に酔いしれた三つの頭が、
月の明かりに照らされた枕に並びます。

珊瑚のお墓と、蜂の弔いの歌、
灰色の猿たちも、しゃがれ声で祈ります、
アリオリルに、ラレリー、
それに、あゝ、ムジオモーンのためにも！

D.P.Lathrop

沈んだリオネス※

海のなかで冷たくなったリオネスに、
サバトの宵が迫るとき、
沈んだ町の屋根や壁や鐘楼にも夕闇が迫るころ、
水の精ネレヤードたちは、竪琴を取り上げ、
緑色の透明な動物たちのいるなかで、
動かない瞳をじーっと据え、その町角で、
吟遊詩人の歌を奏でる。

大海の水は、その塩に壊れた窓やポーチに揺れ、
頭に突き出た松明をもつ魚たちをつき動かす。
そして竪琴の弦はこだまして響き、
この世ならぬ愛しい泣き声を響かせる、
陰鬱な眠る宮廷の嘆きの調べを歌いながら。

その大理石の花は、永久《とわ》に枯れることなし
また――月が作った潮に抱かれ――、
石の格子に閉じ込められた石の心臓を、
彫った人達をあざ笑っている。

※アーサー王伝説の土地。一説にはトリストラム卿の生地とも言われる。

眠れる美女

野ばらの香りがいっぱいに満ち、
彼女は白いシーツに、横たわる。
髪の毛は、夕暮れの金の色、
その瞳には、朝の青さは映らない。

なんと多くの月が、変わらないバラの顔を、
照らしたことだろうか、
日々の銀色の静けさの中で、
彼女の鏡は、そのことをよく考えている。

時々、薄い羽根をした蛾が、
この寂しいねぐらに飛んでくる、
コオロギが、宵の歌を歌う、
彼女の髪の影のなかで。

暑くても、雪が降っても、風が吹き、川があふれても、

彼女は眠り続ける、穏やかに、孤独のなかで。
冬を過ごした木々が、四月に
半分つゝまれた蕾をつけるように。

魔術にかかって

今夜、わたしは聞いたのだ、
しなやかで、優美で、ほっそりした
女のひとが、わたしを呼ぶのを――
ヒースの原を越え、薄暗く、ぼんやりした
ブナの枝の下から、わたしを呼ぶのを。

私はその夜、その女の人についていき、
遠い寂しい所まで、行ったけど、

その道は、きっと、狐やアダーやイタチが知っている。
ご馳走の席では、正直そうな人々のそばに座ったけど、
パンは崩しても、長い時のあいだ、
一言もしゃべりはしなかった。

破風のあるわたしの部屋に戻ろうか、
その部屋には、荒野のむこうから、
月が射しこんでいるだろう。

そうすればきっと、あの魔法の女を照らし出し、
わたしは嬉しく、悲しくなるだろう、
あのずる賢い指で、わたしの心を奪い、
夢の中で、私を呼んだのだから。

わたしを、小さな谷間で、踊りに誘い、
人間らしい心を奪い、取り替え子にして、
母さんに送ったのだから、親戚に知らない人にして。

魔法のかかった丘

遠く静かに、真昼の高みから、
太陽が、何もない丘に照っている。
上にも下にも、霧もなければ風もない、
ここにもあそこにも、生き物はいない。
空をかすめ、こだまを呼ぶ声に答える
一羽の鳥さえいない。
緑色の翳りある夢みる流れのように
羽根に包まれ雪のような白鳥の白さを映し、
線と文字の秘密の象徴を刻んでいない
透き通った宝石のように、
つるつるして、静かで、眠るように静まり返り、
太陽だけが、何にもない丘を照らしている。

だが、すぐに夜の闇が、
経帷子に包まれた東側の空いちめんに
影になって広がっていくと、

はっきりと、精いっぱいに、
星また星が見え輝き出すと、
薄青い亡霊《ファンタム》たちは、足の速い鹿のように
凍って透明な流れのような速度を早めていく。
大きな月が昇り、魚のように光り、
歌うような流れにふりそそぎ、
声が何度もこだまして響く。
馬に乗った群れが通り過ぎる、
雲のように、車にように、静かに。
魔女たちが、闇夜に銀に光るアーチの下の
真っ黒いねぐらから出て、
頭巾付き外套を着て、空を飛ぶ。
飾り立てたような鳥には、心地よいテントになる
堅い松エメラルド色のカラマツが、
大きな音の調べに、震え揺らぎ出す。
光る羽根と銀の足、バラやシモツケソウの谷間、
かぐわしい沢山の四阿《あずまや》が集うところで、
妖精たちは軽やかかに踊りまわる。
妖精たちは軽やかかに踊りまわる。

そうする間に、北斗七星《プラウマン》は高く、
ヒナゲシを散らしたような空に昇り、
深まる霧のはるか遠く、空の東の影を割いて
透き通る静かな水晶のようにゆるゆると、
朝日の輝きが、丘を流れ始める。
そして、かすかに吹く風に乗って来た霧のように
静かに、寂しく、朝が明けていく。
すると、大きな太陽は燃え上がり、
山腹や山頂に、金色に染まった光線を流す。
それでも、足音は聞こえない、叢のそよぎもない。
音一つなく、緑の岩洞に濡れて、
眠るように、葉っぱが垂れている。
白い露が、したたり落ちる、
枝から枝に、円い玉のように、
風に飛ばされもしないで。
そして不思議な静けさのなかで、
ちらちらする光のなかで、
朝が何もない丘を安置させ守り続ける。

D.P. Lathrop-

D.P.L.

夜ごとの飛行

箒にまたがって、魔女たちは空をかけていく、
三日月のほのあかりに、黒く腰を曲げて。
一フィート上へ、今度は一フィート下へと
ひげを生やし、マントを着て、頭巾をかぶり、飛んでいく。
大熊座の下で、クスクス、クックと笑い合い、
龍座の下をかすめ飛び、天の川へと向こう見ずにもつっこむ。
魔女たちは浮かんだと思うと、またたく椅子座の脚の間で
キーッと止まる。それから光っている獅子座を後にして
大きなオリオン座の後ろで、吠えるシリウス座に向きを変える。
上へあがり、それから全速力で回ってから、
銀の輝きの許で、ふたたび、地上に返ってくる。

D.P.L

地面を離れて

陽気な農夫三人が、
ある時、一ポンドを賭け、
誰の踊りで他の者の足が
地面から浮くのかを競いました。
上着をぬぎ、
すぐに三人は、靴《シューン》を
きちっと履きました。
一、二、三！　――と
三人は踊り始めました。
早すぎも、遅すぎもせずに、
エルムの木の昼さがりの
木陰を出発し、
日盛りに出て、
牧場を越えました。
教室もとおりました、
膝を曲げ、

指を鳴らして。
彼等は脇へ上へと
踊り回ります。
くるくると、
彼らはタンタカタンタン調子をとって、
教区まで来てから、
タップマンの牧場まで来ると、
一マイルは来たことになります。
トントントンと
三段の踏み台を上がり、
それから真直ぐに
ホイッパムを横切ると、
ウィークへと下っていきました、
正確に歩《ステップ》を踏みながら、
でも、あくまで急がずに、
草原をあがると、
ウォッチェットへ、
そしてワイを通り、
七つの素晴らしい教会を、
彼等はスキップで通り過ぎました――

立派な教会を七つ、
古い水車小屋を五つ
谷間にある農家と
丘の羊の群れ、
老人の畑《オールドマンズ・エーカー》も、
死人の池《デッドマンズ・プール》も、
みんな後にして。
彼等が踊りながらウールを通った頃には、
ウールのものは、
独楽《こま》のように、
くるくる回りながら、
去って行きました。
彼等は夢見心地で、踊っていました。
しなやかに——良く伸びて——
身振りよく——なんともいい感じ——
彼等の足は、古時計のように、
進んでいきました。
一リーグまた一リーグ、
そしてまた一リーグと、
彼等は進んで行きました。

しかし誰も疲れないし、
息も切らしませんでした。
あゝ、ご覧なさい！
ウィロー・カム・リを過ぎると、
大きな緑の海原が、
ずーっと広がりました。
農夫のベイツが言います、
「おれはフウフウ、ハアハア言ってるけど、
この水の下にゃ、何があるのか
誰も知らないだろうね！」
農夫のジャイルズが言います
「おれの息づかいが弱くなったよ、
善人が溺れたら、もう見つからないね」
しかし農夫のターヴィは、
つま先で、クルクル廻り、
ゲートルを巻いた脚をあげて、
入って行ってしまいました。
人魚たちがむせぶように、
竪琴を弾いている、
緑の海の昼日中へと。

ひれのある綺麗な人魚が、
黄色い髪の毛を櫛けずる……
ベイツとジャイルズは――
小石の上に腰かけて、
水面に浮かぶターヴィの帽子を、
見つめていました。でも、
さざ波も、泡も、何も
教えてくれませんでした、
どこで彼が金のお皿でご馳走を
食べているのかを。
宴をしているのか、踊っているのか、
歌っているのか、海を通しては
何も響いてきませんでした。
彼等は呼びかけ――呼びかけ――呼びかけました、
けれど、返事はありません、
さざ波が漏らす砂の溜息のほかには。
なので、彼等はあきらめ黙って、
座っていました、家とベッドのことを、
ぼんやり考えながら。
それからやっと彼等は腰を上げ、言いました

「ターヴィよ、いったい、お前は、
どこにいるのか、おれたちには、
見当もつかない、
その青い海の底の他にはな。
だが、賭けた銀貨は――
そうしたいのだが――
二人の賭け分、四十シリング（二ポンド）は、
ここに置いとくよ、だってさ、
ほんとだよ、ターヴィ、
お前が、文字通りきっかりおれたちの足を
浮かせたんだからな、地面から！」

D.P.L.

悲しそうに、あゝ悲しそう

悲しそうに、あゝ悲しそうに、
パデリー教会の優しい鐘の音が、
響きわたりました、コック・ロビンを悼んで。
ひそやかに、かぐわしい香りのする
サンザシの影からの矢に射られ、
雄スズメに、殺されたのです。

悲哀をこめて、悲哀をこめて、
シーヴリー教会の鐘が鳴り渡りました。
眠った白雪姫を、
七人の小人が、丘に寝かせたとき。
ずるい用心深い女王が
花咲く枝から、ナイフで切ったリンゴを、
喉につまらせて、眠ったのです。

D.P.L.

ドワーフ

さあ、ジニーちゃん、バベリーの森に棲む
ドワーフのところにいって来てね。
わたしには、ハチミツを持って帰ってね。
でも、笑っては駄目よ、
ドワーフは、お行儀の悪い子を
嫌うからね、お行儀の悪い子を、
ドワーフは、嫌いなのよ。

ジニーは、森の家の扉を叩きました。
それを塀越しに、ドワーフは見ていました。
それを見て、笑わずにはいられませんでした。

ドワーフは、バタバタと靴音をたてて、
廊下を走ってきて、扉を開けると
しゃがれ声で話しだしたので、
ジニーは、笑わずにはいられませんでした。

笑うのを我慢できなかったのです。

ドワーフは、薮のような髭をして、そこにいましたが、
髭を引っ張って、倍の長さにしました。
そしてやぶ睨みの目で、じろっと見たので、
ジニーは、涙が出るのを抑えられませんでした。

ドワーフは、ピシャンと扉を閉めると、
パタパタと行ってしまいました。
だけどジニーはポーチに立ったまま、
脇腹をかかえずにはいられなかったのです。
脇腹を抑えずにはいられませんでした。

ドワーフは壁越しに、カボチャを投げました。
メロンも、リンゴも投げました。
それらは、あたりに散らばったので、
ジニーは笑いに笑って、仕舞いには、
泣けて、泣けてきてしまいました。

ポトポト、涙が落ちてきて、

バラのように真っ赤になってしまいました。
ドワーフは「カー、カー!」と言いました。
「お前、泣いているのかい? なんて行儀の悪い、
なんて行儀の悪い事をするんだい」

ドワーフは、サルのようにスルスルと木に登ると、
サクランボを雨のように、ジニーの上に落としました。
「そら、見ろよ」ドワーフは噂る真似をして、
「俺はブラックバードだぞ。笑えよ笑え、
ちっちゃなジニー、もっもっと、笑えよ笑え、
ちっちゃなジニー、もっとな」

あゝ、なんて稀で愉快な二重唱が、
森から聞こえて来たのでしょう。
こんな甲高い、しゃがれ声は聞いたことありませんし、
笑い声は、精いっぱいのものでした、
出来る限りの大きな笑い声でした。

さあジニー、さあドワーフよ、
スズメに、ミツバチよ、

谷間には、華やいだ緑の輪がありました。
歌いなさいな、歌いなさい、
木から飛んできた無邪気な子供たちよあゝ、誰がいったい井戸から涙を、
汲めますか、誰が涙を井戸から、井戸から
あゝ、汲めますかね。

足長さん

足長さんが叫びました「クーエー!」と。
するとその声は、
かん高くりんりんと
けわしい谷間に響き渡りました。
すんだ緑の暗がりまで、
妖精たちが糸を紡ぐ所までも、響きました。
すると、白い木の精が、
目を挙げて、耳をすませました、
雨にやさしく濡れた緑地で。

兎が一匹もう一匹の兎へと
跳ねていきました。
年取った方はシダの薮に
顎まで隠れました。
歌ツグミが鳴きました、
「ここにいる、ここにいる!」と、
おどおどした仲間に、
はっきりと知らせるために。
そこに足長さんがぶらぶら歩いてきました。
遠い木霊になって返ってくる、
「クーエー!」という、かすかな声を聞きながら。

D.P. Lathrop

人魚

砂、砂、砂の丘、
緑もなく、快い土地もなく、
そこを吹く風ばかり、
草もなく、木もなく、
鳥も飛ばず、蝶も飛ばず、
ただ、丘、砂の丘、
そして、燃える空だけ。

海、海、海の丘、
窪み、暗く、青く、
絶えず、陽は照っている。

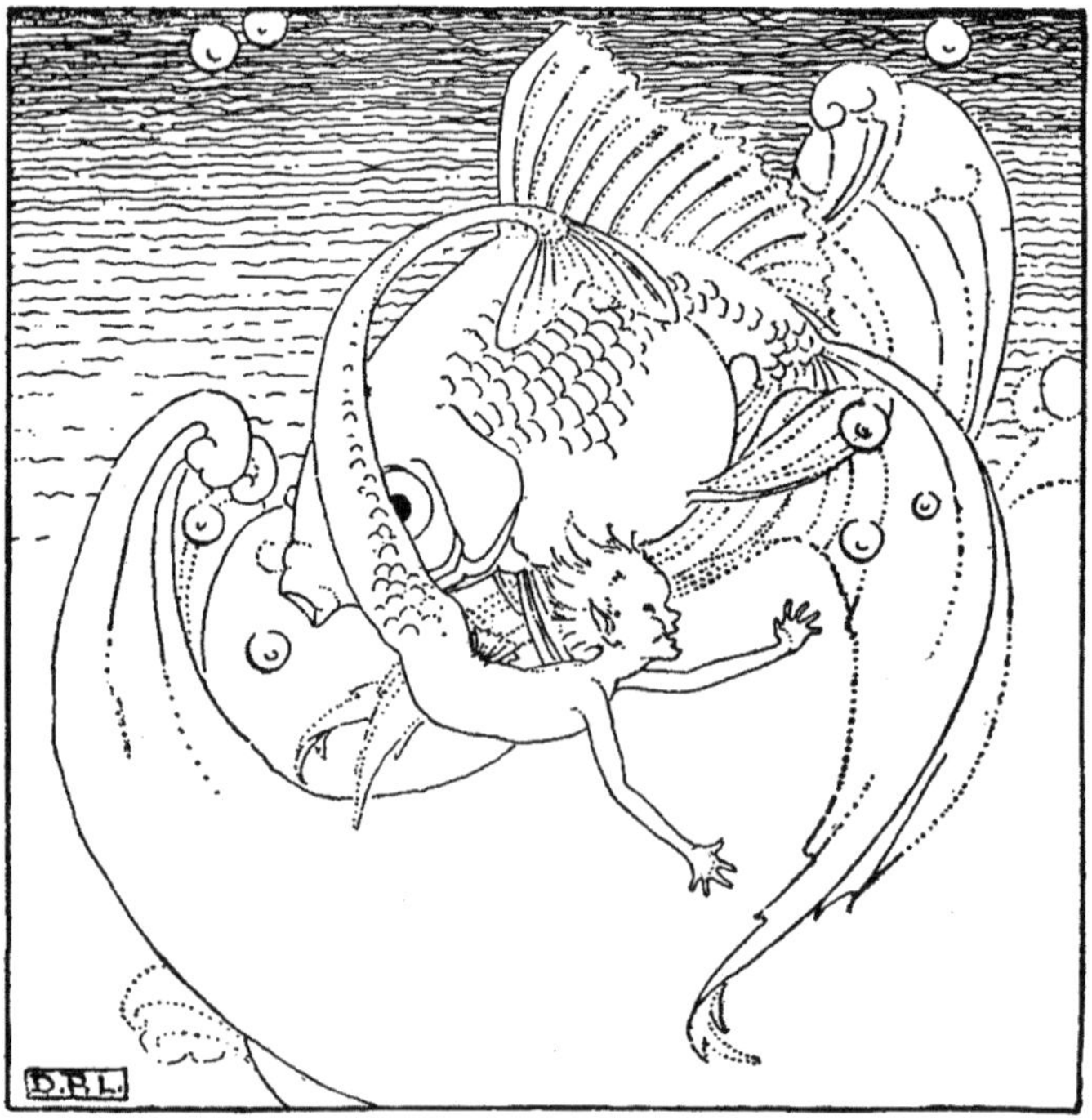

花もなく、伸びる根もなく、
ただ海ばかり。
浮かぶ泡のある
ただ海の床だけ。

吹け吹け風よ、
巻貝や泳ぐ魚を。
水を跳ね返す魚には、
かすかな鐘の音は聞こえない。
流れる金色の髪もなく、
波間を見つめる目すらない。
だけど、暗い洞窟から、
遠くで吹いた貝の音、
微かな鐘の音が
聞こえるだけ。

D.P. Lathrop

小さな生きもの

トゥィンカム、トワンカム、トゥイルラム、トゥイッチ、
私のひいばあさん――彼女は魔女だった。
羽目板の中にはネズミ、壁のくぼみには聖人像――
私のひいばあさん――彼女は魔女だった。
溝の中には恐ろしい夜咲く影の花――
私のひいばあさん――彼女は魔女だった。
長い経帷子は一針、一針縫うんだよ――
私のひいばあさん――彼女は魔女だった。
半ズボンをはく前には、弱い者は遠ざけろ――
私のひいばあさん――彼女は魔女だった。
肥った豚は脇腹肉が二倍あるだけだ――
私のひいばあさん――彼女は魔女だった。
ヨタカはがさごそ鳴き、フクロウはひっかく――
私のひいばあさん――彼女は魔女だった。

綺麗で、小さく、
ただ全く何でもない、
ショールの影をくっきり刻み、
魔女は教会の壁に沿い歩く、
ぶつぶつ言い、ひそひそ言い、
呼びかけ、呼びかけながら、誰かに……

赤い血は外、黒い血は内、
私のばあやは、私を罪の子だと言う。
でも、魔術を使う子に生まれたのは、
いったい私のせいなの？
暗い夢を見はじめればすぐわかる、
夢魔のジンに酔った私の心はいびきをかくが、
勝てそうにない怖いときには、そうならない。
夜明けと黄昏の間で、私はやつれ、細くなる
他人がだれだか、わからなくなる――
私のひいばあさん――彼女は魔女だった。

サム

サムを思い出すのは、
いつも、海辺だった。
エメラルド色の波が、白い泡になって、
絶えず岩に砕け、散っていく海辺。
サムは言った――小さな目を私に向けて――
「わしは月が照る窓に寄りかかり、
砕け散る波を、よく見てたがね。
そして千の半分ぐらいの小さな手と目が、
その目は霜のように光っていたけど、
波がうち寄せるたびに、
踊りあがって、月へと昇っていくんだ。
それに、わしは海を眺めた、
星から星をぜんぶ見渡してね、
だが一艘も船は、見えなかった、
そこにいたのは、わしと海だけだったよ。
すると父さんのいびきが聞こえたんだ。

一度だけどね、ほんとだよ、誓って言うけどね。
月を照り返して、大きくうねる波の間から、
人魚が泳ぐのが、見えたんだ、
頭と肩を、水の上に出していたよ、
いまわしがお前を見てるように、はっきりとな。
髪をといていたんだよ、前に後ろにな、
二つの目はあたりをうかがって、
わしに声をかけた「サム！」――穏やかに――「サム！」とな、
でも、わしは……けっして、行かなかったよ、
こう、考えたんでな、「人魚は、きっと、
別の人を、呼んでいるんだ……」ってね。
座っている人魚の姿は、とても綺麗だったよ。
あんな寂しい海の、誰もいない湾のなかで、
一晩じゅう歌っているなんてな」

「たぶんな」髭の生えていないサムの口は滑らかだった。
「たぶんな、坊や、今度は、
サム！　と呼ぶ声を聞いたら、
翌朝、わしは行方知れずになっているだろうね」

D.P.L.

魔女

へとへとに疲れて、年取った魔女が、
荷物を持って、歩いていました。
教会の墓地の塀に寄りかかると、
荷物を背中から、投げ出しました。
ひもが切れたのです、そうです、
ひもが切れたのです。ちょうど、
死人たちが眠っているあたりの、
魔法や呪文や護符などが散らばる
その空の下あたりで。

年寄り魔女は、へとへとに疲れ、
古びた目を閉じました。
ランタンみたいな実を付けたイチイの木や
紅に染まった空も見ないで。

すると死人たちは震えながら現れ、

地面の裂け目や割れ目から、
苔のように静かに、口が開いた荷物から
ものを盗んでいきました。

死人たちは三度、願いをかけました。
そしてスキップしながら、行ってしまいました。
上っていく月の下で、
コウモリやモグラやウサギのように、
フクロウやイモリやタカのような姿をし、
墓地の苔のようにおし黙って、眠る魔女を
そのまま置いて、行ってしまいました。

死人たちは、みんな動いていて、
めいめい声をかけ合っていました。
「魔女は、魔女は眠っているよ、
教会の墓地の塀のそばでね」
「魔女は、魔女は眠っているよ……」
声のひびきは、すーっと消えていきました。
すり減った月が、光りながら上っていきました、頑丈なその日の軌道にそって。

月は光っていき、高くそして弱々しく照ると、
昼間の色合いは薄くなり、消えていきました。
ものも言わずに這うウジ蟲のほかには、
そこには誰もいなくなりました。

名前は書いてあり、塚は盛られ
骨が埋められているのはわかりますが、
墓のなかは、空っぽだったのです。

フクロウ、イモリ、ヨタカ。
子ウサギ、コウモリ、モグラの姿をして、
死人たちは、哀れな魂の魔女が眠る
その場所で、黄昏のなかを、
うろついていたからです。

D.R.L.

旅

さ迷い人は、旅で心を病んでいます、
足は痛いし、喉もからからでした。
すると、道端に潜んでいた魔女が、
術《ソルセリー》を使って、姿を現しました。

「目を上げなさい、淋しいさすらい人さん」
魔女は、小さい格子窓から覗いていました。
「ここは、貴方が休める安全な場所です、
お若い方、乾きを癒すリンゴもありますよ」

さ迷い人は、悲しい夢想からわれに返り、
あたりに拡がる緑の森を見ました。
宝石のような明るい木の葉の間には、
羽根をふるわせ飛んでいる鳥たちが見えました。

顔を上げ魔女の方を見ると、そこには、

長い過去の静かさから覗くような
魔女の賢そうな、緑の目がありました。

すると、呼びかける声がしました、
かすかに、記憶の隠れたところから。
「誰にも与えられている死に比べれば、
生きている時の一時の闇など、
何ということはないだろう？

女魔術師《エンチャントレス》に耳を貸すな、あいつらは
われわれを騙すかもしれないのだ！」
戒めのように響く、こだまの声を疑いつつも、
さすらい人は、向きを変えました。

「奥さん、貴女の屋根の下で、休むわけにはいきません。
森の緑の木かげで休むわけにはいかないのです。
貴女のリンゴで乾きを癒すことも出来ません。
故郷恋し《ホームシック》の病いにかかったさ迷い人は、
そうしたことは心得ております」

「故郷恋し《ホームシック》ですって、ほんとに！」
魔女は嘲るように、やんわりと言いました。
すると、その顔の美しさは陽の光の中で青白く、
震えると、その場で静かになりました

若いさ迷い人は、恐怖のように溜息をつき、
遠く見えない長々と続く狭い道を、
右に左にと、見渡すのでした。

すると、そこに感覚を満たすものがあったのです、野バラです。
大気と一緒にいつも息にまといついているのです。
それと木の葉の天蓋の下にいる鳥の喉からでる
かすかでも、甲高い、甘い調べでした。

するとそこには、魔女がいました。隠そうともせずに、
四阿《あずまや》には、果物の皿、井戸水の水差し、ダマスク織の布――
みんな魔女の下心の窺えるものでした。
そうして緑の世界を照らしていた最後の金の光線が
ためらいながら消えていくと、

さ迷い人は、暗い夜と持て成しもない孤独さを
思い出すのでした。
日の暗さと悲しい目を、さ迷い人は魔女に向けました。
忘れ川《レーテ》に背を向けたので、声は消えてしまいました……

すると、魔女は箱窓から降りてきました。
さすらい人は、夜になり、隠れた仲間を呼ぶ
むせぶような鳥の声を、
露の宿る茂みのなかに聞きました。

夕闇が燃え立つ紅色を奪い、
遠くに幽かに見える星が、
闇の影を集めるとき
魔女の顔も今や幻想のように見えました。

見ては消える夢のなかで、
一夜の安らぎは、千夜になるでしょう。
無作為な運命は、弱さゆえに、
誰もが辿る見知らぬ脇道に
さ迷い人を、連れ込むまで。

灰となって消える地上の美人、
歓迎する唇や目は、明るく空に
ひとり輝く宵の明星《ヘスパー》より、
もっと美しく思われたのです。

でも再び、魔女の罪ある誘いがあっても、
さ迷い人は、知恵に包まれており、
しっかりして、冷静なので、
持て成しのない夜の方を、
選ぶだろうと思います。

D.P. Lathrop

ルーシーが散歩に出ると

寒い晴れたある朝、ルーシーが散歩にでると、
一本の枝に三羽のカラスが三つの枝なので九羽いました。
それで、「あらまあ、魔女がこの野原を散歩していたのね」

ルーシーは、少しずつ太陽の輝く顔とは反対の、黒く伸びた
七本のポプラが影を作るあたりへ、近づいていきました。
ルーシーが右を見て左を見ますと、その真ん中あたりに、
澄んで、凍った小さな池が、木の下に見えました。
ルーシーはその池に近づいて、殻のような雪にひざまずくと、
リンリンと鳴りわたる魔法の鐘楼の響きに耳を傾けました。

遠いけど、澄んだ歌声が響き、そして静かになりました。
氷が張り、冷たい池、ポプラの木々がそこに立っています。
あら、ご覧なさい！　ルーシーが雪の中で振り向くと、
魔女が見えます——あちら、こちらと戯れながらやって来ます。

深紅のバンドのついた靴が鳴りました。高い踵がきらきらします。
魔女が踊ると、やどり木のついたトンガリ帽子が跳ねました。
でも決して、いくら高く早くしなやかに踊ったところで、
雪の上には、くぼみも、印も、足跡も、つきません。

空にはダイヤモンドみたいな、小さな雪の破片があるようでした。
あたりには金色のけむりのような陽の光が、明るく射していました。
エルフの歌が、葦や歌鳥の方に響いていくようでした。
「ちがうわ！」とルーシーは言いました、「あれは枝を吹く風よ」

そして彼女が目をこらしよく見ると、魔女は一人でなく三人でした。
コウモリの目、木の中にいるフクロの柔らかな羽根
快く響く鐘楼の音も前のとおりでした。
でも見えるのは、三人でなく四人でもありません。——

「あら、貴方たちいったい誰なの」可愛いルーシーは叫びます、
気味悪い輪を作って、まだらのショールにくるまり、
ぴょこぴょこ、とんとん、踊り回るのは誰なの？」
「魔女一人、魔女大勢、一つで九つ」と、答えがすぐ返ってきました。

そして緑色の刺すような目を細めながら、ルーシーを見ました。
ふと、ルーシーが目をやると、頭の上には金色の緑の桜の樹が伸び、
雪の上には、バラの花が咲いていていました。
かすかに香るアーモンドの枝に、見事な花が開いていたのです。
そしてミルクに潤んだ目をした鳩たちが、空に向かってはばたきます。

鮮やかな花々が見えます、チューリップの蕾に似た花が、
鳥のように浮かんでいきます。揺れる花びらの先が、
聞きなれない魔法の言葉を、優しく語りかけます、
それから、アメシストの綱でつるしたように、枝にランプが下がり、
ブドウのように房になって、緑のエメラルドが枝につきました。

「あら、九人の魔女さん、怖い魔女さん九人、あ、七人と三人！
このクリスマスに見るみたいな素敵なものを、どこから出したの？」
ルーシーが「クリスマス」と言うと、まるでポンと手を叩いたように、
ここには雪、空にはお陽さまだけ、花も鳥も見当たりませんでした。
さえずる炎もアメシストの輝く綱も、見えませんでした。
緑のエメラルドの房も鐘楼も、そうです、バラの花も、

金色の雲も、さくらの木も、まだらのショールにくるまった魔女さえ、まるで夢にようにに、すっかり消えてしまいました。

ルーシーが目をやりますと、枝にはカラスが三羽いるだけでした。そして地上の枝と、雪の吹き溜まりに覆われた茂みがあるだけでした。それでルーシーは言いました「あゝ、三羽が三つで九羽——簡単にわかるわ、あたしの前に魔女が、野原を散歩してたんだわ」

D.P.L.

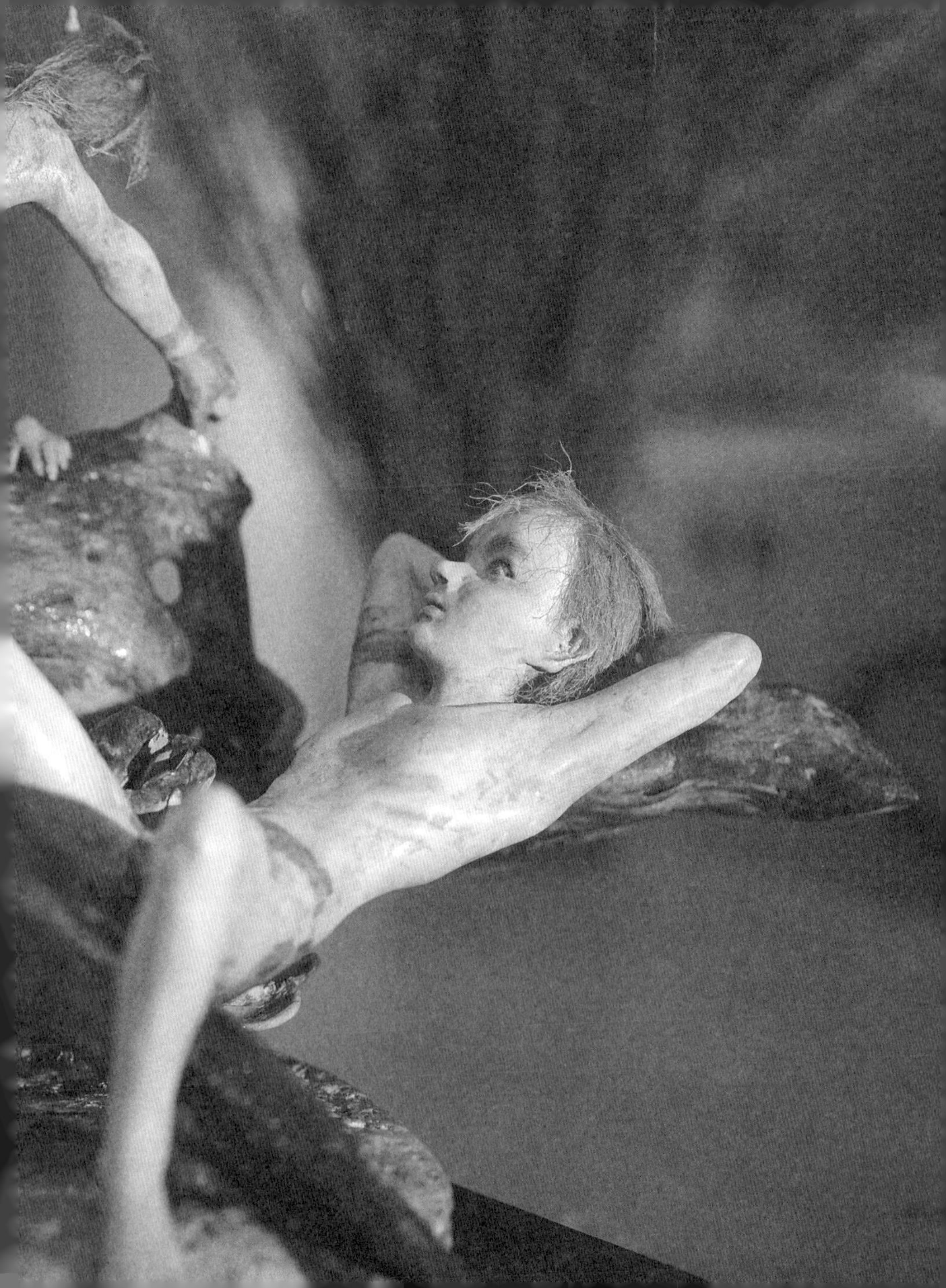

夢の世界

THE WORLD OF DREAM

D.P.L.

気をつけて！

不吉な鳥が、枝の上から歌いました。
「気を付けなさいよ、あゝ、そこのさ迷うお方！
夜は魅惑的な花々の間から、
足早に近づいてきますよ！

夜は、銀貨と香料ミルラを積んだ
黒いキャラバンと一緒に、
東の扉から、現れてきますよ。
あゝ、そこのさ迷うお方よ。

夜は、不思議に動き
星はいくつもの野を抜け
キャラバンのサンダルの下で
踏まれ炎となって砕けますよ」

誰かが

誰かがわたしの家に来て
小さな扉を叩いてる、
誰かが来て叩いてる。
わかった――わかりましたよ！
音を聞くと、扉を開け、
開けると、右を見、左を見た
でも、静かな暗い夜のなかには、
動くものなど何もなかった。
ただ、カブトムシが。
トントン突き、
森からコノハズクの声が聞こえ、
露の滴りのなかから、
コオロギが鳴くだけだった。

だから、誰が来て、
扉を叩いたのかは、
わからない、それだけ、
たった、それだけ。

音楽

音楽を聞くと、知っていた地上のものは消えて、
愛おしかったものが、より愛おしくなる。
地上の花は、幻の炎に燃え、
森の木々は、重い枝を伸ばし、
悦惚として、静まる。

音楽を聞くと、水のなかからナイアードが現れ、
その美しさは、覚めているわたしの目をぼんやりとさせ、
その魅力的な顔は、不思議な炎に包まれ、
その住処は、厳粛なこだまを響かせて揺れる。

音楽を聞くと、前にいた場所にいるような気になる、
この埃っぽい場所に来る前にいた場所に。
素早い羽根を持つ時間は、
「時間《タイム》」の森から、遠い歌へと、辿りゆく。

魔にかれて《ホウンテッド》

森から、光っているものが見えた——
幽霊屋敷の窓々が。
魔法のワインみたいに、
赤いと見る間に、コウモリのように、
黒くなってしまうのだ。

細い声が、空気を揺らして響き、
灰色の曲がった小道を伝っていった——
アザミの綿毛とカラスエンドウと、
光る葉と、大きな茎の生える庭を。

黄昏の雨が、光る門に、
影になって、長い葉が伸びている
黒い仲間へと、声を出さない
カラスが一羽、飛んでいった。
地衣《ライヘン》と苔が、転石を緑にみせ、
屋敷の入口まで、緑の小道があり、
鋭い蜘蛛が、巣から身をのり出し、
黄昏が夕闇に変わっていった。

スゲの木々の間を、ささやき声が響いた、
西の空が、重い瞼を閉じ、
見守る星々が、夜空に燃えだした、
最後になった細いローソクのように。

D.P.L.

D.P.L.

皆は私に言う

皆は私に言った、牧神《パン》は死んだと、
だけど私は、灰色をしたニワトコが茂る、
緑の谷間を、悲しげに歌いながら
歩いていくのは、誰かと不思議に思った。

私の魂は、魔術で一杯になって、
時々こう思った、あれは小鳥だと。
それは時々、私の内面にある海が、
聞いた悲しみかもしれないとも。

でも私は、サクラソウが薄い愛らしさを、
判で押したように見せ、
スミレの花が咲くなかに、
古代の苦痛への涙を見つけた。

うずもれた庭

話さないで——聞かないで
タイムとベルガモットが咲いている、
夕暮れ時に、美しく。
隠れたハーブが、香りを散らせている
黒い棘のあるローズマリーにミルラ、
細い茎の紫のラヴェンダー、
悲しみと嘆きの唄を
その胸に秘めながら。

息をつかないで——横ぎらないで
緑と暗い所を、格子をとおして、
月のひかりが射しこみ
ことによったら、遠くの夢見る人が夢を見たり
ことによったら、その暗い空中を、
見えない子供の幽霊が通りすぎたりする、
深い海の可愛い花みたいに

ゆらゆら揺れ、すーっと過ぎていく。
その一方で、鉛の小さな若者が、
一人ぽつんと、動きもせずに、
露に濡れた頭を低くして、
その薄暗さと雛罌粟の芝生なかで、
見張りをし、見守っている。

D. P. Lathrop

雪

風も吹かないし、
太陽も照っていない——
だのに、白い雪が、
そっと舞い落ちている——
小枝も大枝も、
葉っぱも薮も、
みんな凍ってしまい、
ひっそりと淋しい。

ささやきながら、よりそいながら、
空中を舞い、
敷石に、石の上に、
屋根に——いたるところに、
雪は粉の水晶片を積み上げ、
木々をみんな山にしていく、
淡くかすかに、
日の終わりが、
一本の冬の陽差しとなって、
西の空から消えていくまで。
すると、火の白い翼となり、
幽霊のような月が出ると、
コマドリが一羽、
淋しい調べをさえずる。

夢の世界

ほら、暗がりの向こうから、
布で包まれた鐘と一緒に、
砂男《ダストマン》が、やってくる。
夜のエルフのランタンは、
素晴らしい黄昏のなかを、
夢の世界を告げようと、
燃えて響いている。

空っぽで、ぼんやりした
眠り船が、近づいてきて、
水辺に重々しく止まる。
パタパタと、子供たちが、
眠そうに、あくびしながら、
暗がりから、やってくる。

緑の庭に、ブンブン飛ぶ蜂のように、
子供たちは、横木をまたぎ、
乗り込んでくる。
優しい眠り船は、
長い擢を操って、
囁き合う岸辺を、海へ、
川へと、出かけていく。

数百人もの客たちは、
水の上のバラのように、
船のなかに詰めこまれ、
夢の世界の竪琴やランプが、
震えて輝く、眠りの庭へと、
つき進んでいく。

D.P.L.

女王ジェニラ

女王ジェニラが、汗ばむ昼日じゅうを
まどろんで、過ごすとき、
横になっている夢のなかから、
細く微かな音楽が、流れでます。

彼女の愛らしい手は、
ほっそりしていて白く、
爪は金色に塗ってあり、
頭は金のネットで巻かれ、
ベッドの枕にのせてあります。
彼女の頬と巻き毛に、風を送っている
ヌビアの小さい子供らの、
素晴らしい、素晴らしい、素晴らし声を、
遠くに聞くような気がしています。

子供たちは目を開き、そして
頷きながらこう言うのです、
「今日、女王ジェニラさまは、
プスティスのやさしい鳥が住む
プタマサル王の庭を、お歩きです」と。

すると、女王のポーチは
冷たい灰色の影になってましたが、
その地上にいた鳥たちは、
曲がった嘴を、黙って傾けると、
静かに飛んで行くのでした。

日暮れ

最後の光が消えて——
虚しいたまりの一日が消えると！
黒い駿馬が水を飲もうと駆けおりて、
猛だけしく首を振りあげていなき
乗り手たちは水飲み場に集まり
まとまった髪の毛の下で、わからぬ事をしゃべり
輝く夢にひたりつつ、はるか彼方を見つめる
宵の明星は力なく光を失っていく。

木の精が来て踊る。
薄暗がりの中をバイオリンを奏で
乗り手たちに呼びかけ
暗い森が灰色の光で
夜の生きものを包んでいき
セレナーデを奏でる。

蹄鉄の音を空にいっぱい響かせ
元気いっぱいの乗り手たちは
遊星から遊星へと位置を定めて飛び、
愛の女神は天上界に鈴の曲を鳴らす。

人間の町ははるか下に隠れ
かすかな炎が煙を空に昇らせる。
この孤独な住人たちすべては
この世ならぬものが
地上を覆うのを知り、
疲れ果て眠りに落ちていく。
世界も夜も、むらがる空間も
美の栄光は、
うっとりする一つの顔になっていく。

D.P.L

小さな緑の果樹園

小さな緑の果樹園には、
いつも誰かが座ってる。
お陽さま高く照る
雲のない昼下がりの空を、
バラからバラへと、
飛びまわる蜂が、
かすかに羽音を響かせる時でさえ、
小さな緑の果樹園には、
いつも誰かが座ってる。

そう、小さな緑の果樹園に、
うす闇が落ちかかる頃も。
灰色の露がしたたり、
花々のどの蕾をも満たすとき、
ブラック・バードが、
「なに、なに！」と歌って飛び去るときも――シーッ！

小さな緑の果樹園には、
そっと、呼ぶ声が聞こえてる。

小さな緑の果樹園、
そこに行くのは、怖くない。
そう、月の孤独な光が射す晩に、
幽霊みたいに蛾が来たり、
角を生やしたカタツムリが家を出るとき、
小さな緑の果樹園に、
座って、ささやく声を聞く。
小さな緑の果樹園の
そこで感じる気配は、不思議。
絵をかき、線を引き、穴を掘り、
叩き、のこぎりで引いても、
あなたは、いつも一人。
あたりがみんな静かになると——
誰かが待ち、見つめてる。
小さな緑の果樹園で。

D.P. Lathrop

年老いた王さま

目覚められました——カンバーランドの年老いた王さまは。
だが、息を殺し、動かず、ただ
闇のなかにうずくまり、
いままで聞こえた声を、追われるだけでした。

四角いベッドに半身を乗り出し
剛いひげの生えた顎に親指をおいて、
「なんてことだ、なんてことだ、——悲しい夢じゃ——
わしの見た夢は！」

年老いた、年老いた王さまは
こうつぶやかれました「予を目覚めさせたのは、
シリーヴリスキン岩に当たる
海の音ではなかった。

深夜に不意に鳴った雷でもない、

なぜなら電光のかなたに、
東の空のはるか遠くには、
夏の星が、激しく燃えていたからじゃ」

カンバーランドの年老い老いた、年老いた王さまは、
それでもつぶやかれました「ネズミ共が遊びまわって、
とび廻るやら、駆けまわるやら、
予の柏車にぶつかったり、
布団のカヴァーを噛んだりする。

ときたま夜風が、そよそよ吹いて、
このベッドの天蓋の垂れ幕を揺らすこともあるが、
予を目覚めさせたのは、なにかこう鋭い、
不気味な、静かで、もっと身近な声だった――」
すると、大波のような沈黙が、
王さまのつぶやきを、飲み込みました。

王さまは、今や目をすえられました。
頭巾のような被り物のしたから
ぼんやりとしていても、

周りが聞き耳をたてているような夜に、
くっきりとして、闇よりも濃く、
佇んでいる影を、じっと見られたのです。

突然、大きな手が、王様の
冷たい胸に入れられました。
胸は長い物語を絶えず語っていましたが
今ちょうど、語り終えたのでした。

それでその場に座られた王さまに、
氷のような悪寒《おかん》が走ったのでした。
王さまを目覚めさせたのは、沈黙だったのです。
王さまの心臓は、じっと止まったままでした。

はぐれ者

私の心臓が冷たくなり、弱々しくなって、
思い出や物事が、楽しいと思えなくならないうちに、
魔法で攫われた小さな子供たちの世界のことを、
ちょっとでも、歌うことにしたい。

サクラソウは四月になればいちめんに咲くし
天の川の星たちも光り輝くが、
魔法にかかり攫われた子供の数は
数えきれないのだ。

牧場のサクラソウの緑や
雪のように五月に咲く花さえ、
魔法にかかって攫われた子供ほど可愛くないのだ。

月あかりのなかで、
渚を打つ波と、
しぶきをかすめて飛ぶ
アホウドリが、
魔法にかかり攫われた
子供のために空しく流された
涙を知っているのだ。

空しく、というのは、夕べの静かさに
灰色の空に輝く星たちが出るのが
魔法にかかり攫われた子供たちを
呼ぶ木霊のように思えるからだ。

D.P.L.

小さなサラマンダー

わたしが自由に走るとき、
夜空は星や雪になるでしょう。
わたしが走っていくにつれ、
森には野生火が光るでしょう。
そこには、誰も——誰もいないのです。
わたしの髪が燃えあがり、
夜っぴて踊るそのさまを
見ている人はいないのです。

声

暗い川のそばで、呼んでいるのは誰なの？
そこには苔が厚く柔らかに生え、
木々は黒く動かぬ腕を黙ってうつろに、
眠るように伸ばしている。
輝く星座は、闇の中を、
踵を光らせながら、通り過ぎる。
暗い川の向こうから、音楽の様に
「こっちにいらっしゃい！」というのは、
いったい誰なの？

夏の牧場をさまよっているのは、誰なの？
牧場には子供らが、群がって遊んでいる、
緑色をし、ほんのり香りのする花々のなかで。
飛びまわって遊び、あどけなく時間を過ごしている
子供たちの金髪を撫でるのは、誰なの？
子供たちの頬に、風のつぶてを投げ、
息をつく間に「探せ、探せ！」と、
囁くのは、いったい誰なの？

じーっと星を見ているのは、誰なの？
暮れ行く黄昏時、黒くなった巣に向かって、
ひたすら飛び帰るシギを見て、
光る目を星と間違え、金髪を月と間違え、
穏やかに暮れる、夕暮れの霧に向かって、
「夢かしら！」と溜息をつくのは、
いったい、誰なの？

D.P.L.

D.P.L.

魔術

「池の向こうから聞えてくる声は、誰なの？」
「あんたが聞いているのは、牧神《パン》の声だよ、
声高に、はっきりとした叫び声で、
この薄暗く肌寒い夕闇のなかで、
魔術をかけているのさ」

「牧神が歌っている歌は
何だろう、遠くから響いてくるけどね、
星が明るくなって、ツバメがさえずり、
空に声を響かせ、羽根をたたむ頃にね？」

薪束を肩にかついだ
木こりが私に答えてくれた――。
「牧神の顔を見るなよ、
あんたを深い暗い闇にさそう
あの澄んだ調べから逃げるんだ！」

「牧神は深い森の影で、
癒すことのできない悲しみの
寂しい調べを奏でているのさ、
黄昏の悲しみの彼の隠れ家から、
朝へ逃げるんだよ！」

木こりは、森の小道を
行ってしまった。

木こりの斧は最後の日の光をうけ、
ひかった、鋭く灰色に。
そして、すべてが死んだように静かになった――。

牧神だけが、うっとりする歌を歌っていた、
かぐわしい香りただよう影ある大地から。
私は牧神の目を見たような気がした。
しかし、それは私の影だった、
影は私の疲れた足元に落ちていた。

もう私に夜明けは来ない、
広い空を飛ぶ鳥も見ることもない。
ただ私が見るのは、牧神の
深く暗い森、すべての終わりの日まで、
死のように広がる海が、
静寂にみちてくるときまで。

メルミロ

三十と三羽の鳥が、
森のニワトコの木に止まっていました。
メルミロと鳴いて――
三羽は飛び去りました、
三十羽を木に残して。
メルミロと鳴いて――
また九羽が飛んでいきました。
それで、枝には二十一羽が残りました。
メルミロと鳴いて――
また十八羽が飛び去りました。
首をかがめて
羽根づくろいをしている三羽を残して。
メルミロと鳴いて――
三羽――二羽――一羽と
いまや鳥は全部いなくなりました。

するると、ほっそりしたメルミロが、
暗い緑の森に、そっとやって来ました。
そして、細い長い手を広げ、
不思議なダンスをしなやかに踊りました。
こだまがある伴奏など、決して
つけたりはしませんでした。
鳥たちはみんな、メルミロの胸の洞に
寝にかえりました。
茨やニワトコやヤナギの森で――
一人で踊る――
メルミロは一人で踊っていました。

D.P.L

静かな敵

耳を澄ましてごらん！――ほら隠れ蜂が、
静かに哀歌を唸っているわよ、
斜めに射してくる光は、
淀んでいる池の水を緑色にして美しいわ。
毒のあるイチイの木に、
翼をひるがえし、飛んで行く、
ベニヒワが歌っています。

勇敢な太陽が少しずつ、
一日の旅の終わりに近づいていきます。
沼地に住む霧が、深夜の
時の流れを覆っていきます。
お腹のすいたフクロウが、
鐘楼の塔の中に丸まって籠り、
うとうとして時を過ごしています……

美の中を歩きなさい、貴方のバラを誇りなさい
貴方の儚く消える愛らしさを誇りなさい。
一歩、一歩と貴方とともに
祝福したわけでもない影が進んで行きます。
私が貴方の敵ですって？　違います、違います！
私が出来ることはただ、
意地悪な門を開け、
ずるい時が去るのを
待っているだけなのです。

やどりぎ

やどりぎの下に、座っていると、
（うす緑の、妖精のやどりぎ）
ローソクの最後の火が、低く燃え、
眠くなった踊り手たちも、ぜんぶ帰り、
ちょうどローソクが一本、燃えており、
あたりはどこも、暗い影ばかり、
そこに誰かが来て、
私にキスをしました。

私は疲れていました。
やどりぎの下で、
今にも頭がコクンとなりそうでした。
（うす緑の、妖精のやどりぎ）
足音は聞こえず、声もきこえず、
ただ私だけが、一人、眠たげに座っていると、
しずかに闇のなかに

見えない唇が近づいてきて、
私にキスをするのでした。

わたし、少しも！

わたしが「賢人通り《ワイズマンストリート》」を出ると、
空はみぞれで、重くなり、
「自慢広場《プラウドマンズスクウェアー》」を過ぎると、
冷たい雲が、低く垂れこめ、
「善人通り《グッドマンレイン》」に入ると、
再び、燃える陽射しが照り付け、
「子供町《チルドレンロウ》」の屋根々々には、
雪が厳かに、輝いていました。

ここに、わたしは住むことにしました、
ここで、死にたいと望んでいます。
誰のことも、羨ましいとは、
少しも、思っていません！

D.P. Lathrop

デ・ラ・メアの幻想世界 Impossible She

井村君江

ウォルター・デ・ラ・メアがわが国に於いて知られるのは、大正九年西條八十が『白孔雀』の中で詩「マアサ」(Martha in The Listeners, 1912) 一篇を訳出し、その幻想的な詩風を紹介したのが初めてであろう。昭和に入って『サル王子の冒険』(The Three Mula-Mulgars, 1935) の長編物語を飯沢匡が翻訳し (27年)、これを基に子ザル達の幻想世界を描いた「ヤン坊ニン坊トン坊」が児童向け連続放送として親しまれ、また童話全集の中に古典再話集 (Told Again, 1927) の数篇が収録されたり、やはりサルが主人公の『ジェスパーとバンプス氏』(Mr. Bumps and His Monkeys) が単行されるなどして、今日では児童文学作家としての名が知られているようである。事実、その優れた数々のアンソロジー (Come Hither, 1923 ; Behold, This Dreamer, 1939) や独自の文学論は、レ・スミスも指摘しているように、ファンタジーの本質をその鋭い眼で捉えてわれわれの前に美事に展開してくれている。『幼時のうた』(Songs of Childhood, 1902) の処女詩集以来『孔雀パイ』(Peacock Pie, 1913) を経て最後の『あゝ美しの英国』(O Lovely England, 1953) に至るまでの二十二冊の詩集で、縹渺とした独自の詩界を創って現代イギリス詩壇に不動の位置を得ているが、この面に関してはまだ断片的紹介のみで、秘かに愛唱する人々はあってもまとまった一巻の訳詩集もない。小説家としての面を見ると、長篇『死者の誘い』(The Return, 1910) が「世界恐怖小説全集」（創元社35年、田中西二郎訳）の一巻として訳され、最近では小品「桶」（The Vats, 1942）が「幻想小説集」（白水社49年）に入り、「姫君」（The Princess, 1955）「謎」（The Riddle, 1923）等も訳されるなどして（「牧神」幽霊奇語特輯50年）、近来とみにその独得の作風が注目され愛読されているが、先の二篇の外『ヘンリー・ブロッケン』（Henry Brocken, 1904）や『小人の思い出』（Memories of Midget, 1921）の長篇のほか、十六冊に及ぶ短篇集や戯曲（Crossings, A Fairy Play, 1921）の紹介や翻訳はこれからであろう。

　こうした様々なジャンルに様々な作風の作品を数多く残しているデ・ラ・メアは、恐怖小説や幽霊物語、童謡といった一つの範疇に入れて括ってしまうことは難しい。たしかにその世界には、なにか神秘的な幻想ともいえる不思議な情調の漂いがあるし、その特異な空間がときとすると人の心に一種の恐怖に近い感情を惹き起す。だがそれはいわゆる幽霊の戦慄《ホラー》とも魔女の異妖とも吸血鬼や人狼の怪奇とも全く質を異にしたものである。かれは好んで人里離れた荒涼たる森深く建つ古い屋敷や崩れた壁に葛の這う教会、草ふかい侘しい庭園等をセッティングとするし、老人、小人、狂人、死より戻った人など、現実の生とは遠く隔たった世界を描きはするが、それ等を単に恐怖の異常空間を作る効果を狙っての道具立てとして用いてはいない。土地や家という場所とその中の人物とが相互に密接な浸透関係を持って独得の雰囲気《アトモスフェアー》を醸し、象徴的ともいえる物語の世界を形作っているところは、まさしくブロンテ姉妹やハーディー、それにヘンリー・ジェームス、ジョージ・マクドナルドなどヴィクトリア朝イギリス小説の正統をひく作風なのである。

デ・ラ・メアの世界にはしばしば〈Listeners〉（耳を傾ける人）〈Strangers〉（見知らぬ人）〈Wanderers〉（さ迷う人）といった目に見えぬ者が、明るい緑の原を鳥影のようによぎり、暖炉のそばでじっと耳を傾け、銀色の月にぬれた丘を越えていく。しかしそれ等は一種の超自然的な霊的な存在（ghost, specter, phantom etc.）であっても、いわゆる幽霊とも魑魅魍魎《ちみもうりょう》、フェアリー、ニンフの類とも違う存在である。いわば〈ghost〉の語源的な意味に還元した〈spirit〉（精神・霊）〈breath〉（呼吸）といったものに近く、それが家・庭・部屋・廃墟といった人間に関りを持つすべての場所に遍在するのである。「要するに誰でもみな、本来は何者でしょうか？　霊の群れなのです――それはちょうどシナの〈入れ子〉の箱のようなものなのです――樫の木は、もとは樫の実、その樫の実はもとは樫の木だったというようなものです。死はわれわれの前方にあるのでなく背後にある――つまり祖先なのです。どこまでもどこまでも遡っていけば――」とデ・ラ・メアは言っているが、この霊は言わば一箇の人間存在の奥深くあって祖先とつながるものであり、ある意味では人間の意識裡に存在する祖先の記憶の集合体ともいえるものである。そうした霊にとっては、死と生の境、夢と現実、昔と今といった時、空の境界は単なる断絶を意味せず、物語に於いては、しばしば「墓」「鏡」「水」「窓」といった介在物を通って自在に現実の人間と交流する。「なにものかが……影のようなものが……」といわれる多くは不確かな形のままであるが、ときには手招きする不可思議な女性として（「おびき」）、ヴェールを着けている神秘な女人として（「ヴェール」）、墓の中に眠る身も心も軽やかな婦人として（「墓」）、また夢の中でゆるやかに歩を運ぶ美しき女人（「三本の桜の木」）

として立ち現れてくる。

目には見えぬこれらのさ迷い人の多くは、女性の姿をとっている。もちろん現実のある特定の女性の投影といったものではなく、いわば詩人の内面にある憧憬の客体化ともいえる映像なのである。『地上に帰る《リターン》』の中でこれは〈Impossible She《インポシブル・シー》〉と呼ばれている。捉えんとして捉え難き人であり、望めども得難き遥かな女性であり、手に入れんとして不可能な美しき憧れの女人像であって、人が絶えず到達しようとして求めて止まぬ未知の、理想の、完璧の具体化ともいえよう。「かの女人《ひと》は記憶であり、未知のものであり、地上の明るさであり、死の約束であり、様々な形と姿をとってわれわれに訪れてくるものである」と言われているように、シェレーの〈Intellectual Beauty〉、プラトンの〈Ideal Beauty〉に近い。もっと具体的な姿を見ていくと、『死者の誘い』では、二世紀前の死者の霊に乗り移られて顔かたちが変り、家族に見棄てられたローフォードの心を慰める唯一の女性、グライゼルとして現れている（The Return）。「美しく妖しい霊」、「奇怪な夢のヘレン」、「奥深くも美しい暗い影に破れた夢」、「夢の中で思い出した遠い記憶」、「母の思い出、会ったこともない友の顔」と様々に讃えている一方、「あの女は休む暇のない時の移り変りのすべてを越えて、夜も昼も心を悩ますあの謎なのだ」と絶えずなにものかに駆り立てる衝動の源として恐れられている。『猿王族の三人』の中では、王子達の旅の目的地、遥かな父祖の地であるティシュナーの谷の女神の姿となっている。「口では言い表せぬ不思議な秘密のしずかな国の女神」そして彼女が美しくて悲しく創った神秘の力をもつ緑の髪の水《ウォーター・メドウ》の精にもその面影は重ねられている。『ヘンリー・ブロッケン』では書物の空想の世界に旅立った主人公が、世界の涯〈悲劇の国〉でめぐり会うクリセードの姿となる。彼女は想像《イマジネーション》の海に浮ぶ舟に乗った不確かな人生そのものの象徴となっている。

右の作品の他にも〈インポシブル・シー〉は様々な姿をとってデ・ラ・メアの世界に存在しているのであるが、共通した一つのアーキタイパルなパターンを有しており、意識下《アンコンシアス》の世界に存在する原初的で普遍的な美・夢・理想・平和そのものを示している。更に限定していけば、男性の意識下につねに存在する祖先から継承されて来た女性というものの集合的映像でもあり、一種の神話類型的な理想像かもしれず、そうすればユングの〈アニマ〉に類似性をもってこよう。しかしユングの場合、この男性内部の意識的な女性假像は、現実の次元にその実在を求める方向に働くのに対し、デ・ラ・メアの場合はつねに人間の感情や情熱の裡に存して、現実の次元を越えた彼方にまで人を駆り立てていく不滅の力を持った神秘的な存在なのである。意識下《アンコンシアス》の世界は原形のままの古代の夢の堆積であり、想像《イマジネーション》力はそこから様々な映像を汲みあげ、すべてのものはそこに存在を得てくるとデ・ラ・メアは考えるが、〈インポシブル・シー〉や目に見えぬ〈リスナー〉や〈ワンダラー〉たちは、作者の実在に深く根ざした処、いわば古代の未知のそして夢の深淵から立ち現れて来る理想化された美しきものなのである。いわゆるオドロオドロしい幽霊や怨霊・悪鬼の抱く影に籠った暗さとはおよそほど遠いため、それがデ・ラ・メアの世界を空気のように透明ともいえる神秘に澄んだ空間にしており、一種の郷愁さえ漂わせた幻想の世界にしているのであると思う。

あとがき

井村君江

ウォルター・ジョン・デ・ラ・メア（Walter John De la Mare, 1873-1956）はイギリスのケント州チャールトンに生まれた。祖父はフランスからイギリスに渡りロバート・ブラウニングの血を引いており、詩人であり小説家であるロンドンのセントポールコーラス学校（St. Paul's Cathedral Choir School）で教育を受け、１８９０年に学校をやめ、英米石油会社（the Anglo-American Oil Company）に入り、City で働く事になる。詩集『幼年の歌』（Songs of Childhood, 1902）を出して一躍有名となり、アングロ・アメリカン石油会社に18年間勤めていたが、結婚してからは１９０８年に当時のアスクィス内閣から王室奨励金（百ポンド）を貰うことになったので、会社を辞めて好きな作品創作を76歳まで続けている。

日本で昭和生まれの人なら、飯沢匡作『ヤン坊ニン坊トン坊』（トン坊役は黒柳徹子）がＮＨＫの連続ドラマとして放送されていたことを覚えているだろうが、これは原作がデ・ラ・メアの『三匹の猿王子の冒険』（The Three Mulla-Mulgars, 1910）である。こうした幻想味に溢れた物語を描き詩歌にも歌った作家で、唯一の劇作は妖精劇『クロッシングス』（Crossings, 1922）であった。戦前、日本を訪れている。神田付近にその跡が残っている。

無縁墓地で昼寝していた為、死者に乗り移られて顔が変わり、帰宅して家人に別人と思われた主人公が、古文献から身分を明かしていく物語『死者の誘い』（The Return 1910、エドマンド・ポリニャック賞）等の奇怪で夢幻的な作品を書いている。日本では西條八十が訳詩を『白孔雀』（大正14年）に収め、佐藤春夫や三好達治も作品を好み、江戸川乱歩などは「うつし世は夢、夜の夢こそまことなれ」というデ・ラ・メアの言葉を、自分の座右の銘にしていたほどである。

詩集は初期の『聴く人』（The Listner and Other Poems, 1912）や『孔雀』（Peacock Pie, 1912）から晩年の『来たれこなたへ』（Come Hither, 1923）や『はかないもの』（The Fleeting and Other Poemns, 1933）など13冊の詩集を出しているが、妖精や魔女など超自然界の生き物を歌ったものを集めた詩集は、『ダン・アダン・デリー』（Down-Adown-Derry, 1922）である。

この題名の語は日本語に訳せないので、発音通りにした。アダン・デリーという語は昔から「わらべ歌」（Nursery rhyme）に歌われており、「ダン・アダン・デリー」は意味のない囃子言葉らしい。日本の「やっこらさ、きたこらさ」などは調子や合いの手や囃子言葉で意味がないのと同じである。ナンセンスの作家エドワード・リア（1812-1888）の筆名がデリー・ダン・デリー（Derry-Down Derry）であったことが想起されるが、この語がイギリス人の間ではよく知られた囃子言葉であることが、イギリスの人々に聞いてわかった。イギリスではこの言葉の発音は呪文めいている。どこでもない国（neverland, nowhereland）からの文句、夢の国（dreamland）からか、あるいは妖精の国（fairyland）からかもしれないし、目に見えぬ国（invisibleland）であろうか。常若の国《ティル・ナ・ナノグ》からかもしれない。日本ならさしずめ、夢幻境か桃源境か極楽からであろう。

デ・ラ・メアの詩の世界には、いつもこうした夢幻の不思議な響きが聞こえ、見知らぬ人(stranger)が潜み、そばには耳を傾ける人(listener)が佇み、夢見る人(dreamer)か旅する人(traveller)がいる。その人たちを魔女(witch)が誘惑したり、妖精が魔法をかけてさらうと、チェンジリング(取り替え児 changeling)になって、「おかしなかわった子」に生まれ、人間と妖精の間の存在になって、若い娘をそそのかして、その魅力で若い男をボートに乗せさらったりする。この世には妖精にさらわれた人間がたくさんいる、とデ・ラ・メアは嘆き歌う。デ・ラ・メアは妖精を「踊る妖精」「冬の妖精」「水の妖精」と詩にしており、妖精が踊り好きで、ハチミツ好きで、ベリー好きであることを歌う。人間が妖精に近づける状態は、音楽を聴く、夢を見る、花々を見、鳥の声を聴き、雪景色を見る等、世知辛い現実を離れた状態を体験している時のようである。妖精が好んで現われるのは、黄昏(twilight)であり、夢(dream)の中である。詩人の好みでもあろうが、星、月、夜、海、波、川、草、花、樹木、鳥等、いわば牧歌的なものが多く歌われている。

W・B・イエイツ(1865-1939)の妖精の分類、「群れを成して暮らす妖精」(trooping fairies)としては「ノーム」(gnomies)が歌われ、「一人暮らしの妖精」(solitary fairies)では「炉端のロブ」(Lob Lie by the Fire)が歌われている。ギリシャ神話の牧神「パン」、人魚「マーメイド」、アーサー王伝説の国「リオネス」、昔話の「眠れる美女」(sleeping beauty)や昔話の王さまや王女さまが歌われている。

子供も賛美され歌われているが、デ・ラ・メアの詩作品を、童謡と言いたくない。「幼な心」を持ち続けている人にしか、妖精は見えないと言いたげではある。西條八十は「童謡」という言葉を使った事を、後悔していた。母が子に聞かせるのだから「母謡」というべきだったという。西條氏の作調時代、鈴木三重吉の「赤い鳥」（大正7年より昭和4年）で童話が流行っており、童話の対の用語として童謡が日本に広まったのである。しかし子供のことを歌い賛美しているといっても、デ・ラ・メアの詩を「童謡」とは言い難く、子供には難しい言葉使いであり、子供には理解しがたい思想である。子どもの心を失わない大人のための詩と言いたいのである。

デ・ラ・メアの言葉には、その場に合うように作り出された独自の用語が多く、日本語に移すのに苦労したので、詩人の言いたいことがうまく伝わらなかった場合には、お許しを乞う。アメリカの挿絵画家ドローシー・P・ラスロップが、デ・ラ・メアの妖精の世界を巧みに視覚化し絵にして、夢幻界を作りあげている。人形彫刻家戸田和子女史は、『ダン・アダン・デリー』の訳詩を読まれ、その世界に興味を持たれ、(1) 声 (2) 埋もれた庭 (3) 王女ジェニラ (4) 三つの願い (5) ダン・アダン・デリーと彫像を制作された。これらを表紙、各章の扉に使用させていただき、妖精の雰囲気の醸成にさせていただいた。この訳詩61篇を本にするため、編集を手伝われた氏家典子女史に感謝したい。また何年も訳稿のまま眠っていた『ダン・アダン・デリー』を本にして下さったアトリエサードの岩田恵女史に感謝申しあげたい。

私がデ・ラ・メアに惹かれたのは、女学校時代（70年前）に手にした、美しい緑の裏革表紙の詩歌集、西條八十訳詩集『白孔雀』からである。

ウォルター・デ・ラ・メア Walter De La Mare
1873年、イギリス・ケント州生まれ。1902年に詩集『幼年の歌』、1904年に初の長編小説『ヘンリー・ブロッケン』を出版して注目を集め、優れた児童文学作家として、また幻想的な怪奇小説の名手として活躍した。1921年の長編『おやゆび嬢の自伝』で権威ある文学賞であるジェイムズ・テイト・ブラック記念賞を受賞。1956年没。

井村 君江（いむら きみえ）
英文学者・比較文学者。明星大学名誉教授。うつのみや妖精ミュージアム名誉館長。金山町妖精美術館館長。著書に『妖精学大全』（東京書籍）、『ケルト妖精学』（筑摩書房）、『帰朝者の日本』（東京創元社、近刊予定）、訳書にアーサー・コナン・ドイル『妖精の到来〜コティングリー村の事件』（アトリエサード）、W・B・イエイツ『ケルト妖精物語』（筑摩書房）、ウィリアム・シェイクスピア『新訳 テンペスト』（レベル）、オスカー・ワイルド『幸福の王子』（偕成社）、編著に『コティングリー妖精事件 イギリス妖精写真の新事実』（青弓社）ほか多数。

ドロシー・P・ラスロップ Dorothy P. Lathrop
1891年、アメリカ・ニューヨーク州生まれ。児童文学のイラストで知られ、特にウォルター・デ・ラ・メアとはデビュー当初から親交を結び、多くの作品の挿画を担当した。1980年没。

戸田 和子（とだ かずこ）
1971年、青山学院女子短大卒。1980年、彫刻家・熊谷博氏に師事。1990年に初個展「晩夏・夢人形」を開催。以降、個展や美術館での展示多数。2018年に人形彫刻家戸田和子美術館「イノセントの詩」（レベル）を出版。SNBA正会員。国際現代美術家協会常任理事・審査員。

TH Literature Series

ダン・アダン・デリー——妖精たちの輪舞曲《ロンド》

著　者　ウォルター・デ・ラ・メア
訳　者　井村 君江
挿　画　ドロシー・P・ラスロップ
人形彫刻　戸田 和子
写　真　小笠原 勝

発行日　2021年7月21日

発行人　鈴木孝
発　行　有限会社アトリエサード
東京都豊島区南大塚1-33-1 〒170-0005
TEL.03-6304-1638 FAX.03-3946-3778
http://www.a-third.com/ th@a-third.com
振替口座／00160-8-728019
発　売　株式会社書苑新社
印　刷　株式会社厚徳社
定　価　本体2000円＋税
ISBN978-4-88375-443-4 C0097 ¥2000E

www.a-third.com

ナイトランド・クォータリー

NIGHT LAND Quarterly

ナイトランド・クォータリー

海外作品の翻訳や、国内作家の書下し短編など満載の
ホラー&ダーク・ファンタジー専門誌(季刊)

増刊 妖精が現れる!~コティングリー事件とその周辺(仮題)
2021年夏刊行予定! 井村君江ほか、多彩な記事を収録!

vol.25 メメント・モリ〈死を想え〉 vol.24 ノマド×トライブ 好評発売中!

ナイトランド叢書――怪奇幻想小説の傑作

アーサー・コナン・ドイル
井村君江 訳

「妖精の到来~コティングリー村の事件」

4-2 四六判・カヴァー装・192頁・税別2000円

20世紀初頭、ふたりの少女が写した〝妖精写真〟。
その写真を見た〈シャーロック・ホームズ〉のコナン・ドイルが、
その発端から証拠や証言、反響などをまとめ、
妖精の実在の真偽を世に問いかけた、貴重なドキュメント!

E&H・ヘロン
三浦玲子 訳

「フラックスマン・ロウの心霊探究」

3-6 四六判・カヴァー装・272頁・税別2300円

シャーロック・ホームズと同時期に着想され、
オカルト探偵ものの先駆けとなったシリーズ全12作を完全収録!
超常現象の謎を、自然の法則にのっとって解き明かす、
フラックスマン・ロウのみごとな手腕をご堪能あれ。

アリス&クロード・アスキュー
田村美佐子 訳

「エイルマー・ヴァンスの心霊事件簿」

1-5 四六判・カヴァー装・240頁・税別2200円

ホームズの時代に登場した幻の心霊探偵小説!
弁護士デクスターが休暇中に出会ったのは、
瑠璃色の瞳で霊を見るエイルマー・ヴァンス。
この不思議な男に惹かれ、ともに怪奇な事件を追うことに……。

詳細・通販は、アトリエサード http://www.a-third.com/

ナイトランド叢書

キム・ニューマン
鍛治靖子 訳

「ドラキュラ紀元一八八八」

EX-1 四六判・カヴァー装・576頁・税別3600円

吸血鬼ドラキュラが君臨する大英帝国に、
ヴァンパイアの女だけを狙う切り裂き魔が出現。
諜報員ボウルガードは、五百歳の美少女とともに犯人を追う——。
世界観を追補する短編など、初訳付録も収録した完全版!

◉続刊 好評発売中「《ドラキュラ紀元一九一八》鮮血の撃墜王」
「《ドラキュラ紀元一九五九》ドラキュラのチャチャチャ」

エドワード・ルーカス・ホワイト
遠藤裕子 訳

「ルクンドオ」

3-3 四六判・カヴァー装・336頁・税別2500円

探検家のテントは夜毎にざわめき、ジグソーパズルは
少女の行方を告げ、魔法の剣は流浪の勇者を呼ぶ——。
自らの悪夢を書き綴った比類なき作家ホワイトの
奇想と幻惑の短篇集!

アルジャーノン・ブラックウッド
夏来健次 訳

「いにしえの魔術」

3-2 四六判・カヴァー装・320頁・税別2400円

鼠を狙う猫のように、この町は旅人を見すえている……
旅人を捕えて放さぬ町の神秘を描き、
江戸川乱歩を魅了した「いにしえの魔術」をはじめ、
英国幻想文学の巨匠が異界へ誘う、5つの物語。

オーガスト・ダーレス
中川聖 訳

「ジョージおじさん～十七人の奇怪な人々」

2-5 四六判・カヴァー装・320頁・税別2400円

少女を守る「ジョージおじさん」の幽霊、夜行列車の個室で待ち受ける物言わぬ老人、ライラック香る屋敷に隠れ住む姉妹……。
ラヴクラフトの高弟にして、短篇小説の名手ダーレスの、
怖くて優しく、奇妙な物語の数々。

詳細・通販は、アトリエサード http://www.a-third.com/